Henry
David
Thoreau

梭羅的文學思想與改革意識

涂成吉・著

自 序

涂成吉

數年前，我終得暫離職場，悠遊一段無所事事，單純只為自己而活的日子，回到濱海的大學小鎮上，終日在讀書、沉思與寫作中渡過，我很珍惜這段人生刻意的暫停，讓我精神的收穫超乎預期，「不以財富言，我是富有的。」我可以見證梭羅所說「一個永遠不失利的投資就是自己。」

梭羅一生思想找尋者，不外是個人內心世界的永恆之路；同時也提醒人與自然一體的概念，人非自然惟一的中心；華爾騰（Walden）湖水猶如平鏡，梭羅不過期望每一個人看到真實的自我，不法世俗，勇敢選擇自己生命，所有的人言、傳統與法律皆不足畏，「活在當下，作你自己」，其構想單純，人人易讀。

二十一世紀，當人心依然迷惑在物質與精神天平上的失衡，即使流行之「自然有機生活」，亦不過是將民宿、生機飲食或咖啡搬到山林星空下，與資本消費文化的妥協結合，更顯人心慾望的徬徨；而人類在「不願面對的真相」的警醒中，看到資本文明過度消耗地球，與大自然的旱潦反撲；人與自然的和諧，更是迫在眉睫的共識，這使梭羅返璞歸真、前瞻性的智慧，更有讓人一讀再讀，重新體驗的需要。

「靜是最大的力量。」這是每讀梭羅文章的予人感受，在他恬淡、安寧的作品外表中，卻包含著巨大的力量；梭羅作品佳句，有

如花坊中怒放之花朵，可見他旺盛之思考力。為整體性表達梭羅的思想，本書撰寫架構，主要部分：

一、總論：梭羅一生奮鬥者如其所言，欲去「人類之奴性與奴隸制度」。前者梭羅以文學心靈手段之提昇；後者，則繼以政治之廢奴運動解決，這文學與政治之思想因果互動，說明了梭羅一生思想、性格。

二、思想：分成文學、哲學、自然、務實人格、社會與政治六篇，每篇再整理相關之主題子目，以梭羅最直接及富理之選句集合而成，給以註解、出處及所需的背景，供讀者免於捲入浩瀚書卷，迅速融會於梭羅思想。

三、批評：一般文慣以結論結尾，本書則改以批評，故此部分特也蒐羅了梭羅當代或稍後的美國作家對梭羅思想的批評，以供讀者有不同的觀點和挑戰看法，做一對照的瞭解與刺激。

最後，我謹以此書獻給每一位當下為自己開拓一片夢想天地而默默奮鬥者，世界之大，人生之廣，只要學習對自己誠實，保持理想、善良與自信，你也可以創造一個屬於你自己的生活美學。自也包括了我那每天忙於讀書，準備基測，對未來有著一份好高期待（儘管是當世社會定義之下）的兒子騰。

民九十八年八月溽暑於內湖

目 次

第一篇

梭羅的文學與政治

　　一八四七年，亨利大衛梭羅（Henry D. Thoreau）結束了他兩年在華爾騰湖畔（Walden），進行超越文學（transcendentalism）身、心、靈的實驗；隔年，一八四八年，隨即發表了震撼人心的《公民不服從論》，獻身政治與廢奴運動，最終甚以恐怖、激進之廢奴人士約翰布朗（John Brown）為師，形象轉折之大，令人驚愕。

　　梭羅早期改革理論焦點是個人的「自我教化」（self-educated），才有湖濱「簡約生活」（Life of Simlicuty）的文學實驗，梭羅的改革邏輯是個人道德自發，則社會自然改善，直到一八四〇年代中，美國奴隸制度快速的漫延，才使梭羅的改革目標從原先憂慮美國資本主義所造成社會人心之腐化，轉移至美國政府，因為他幾與奴隸主是同路人，已快失去保護個人自由的功能，而感到「再也無法忠誠於這支持奴隸制度的政府了！」。一八四八年，《公民不服從論》發表後，梭羅方全面覺醒個人的「自我教化」已不如改革一個不保障個人自由的政府來得更加急迫，感慨「個人如何改革也是罔然，因為我已經快失去這個國家了！」政府已成個人自由之最大的威脅，才是優先改革之對象。

　　因此，結合梭羅文學理念及政治理想之因果與互動的歷程，解析梭羅人生是如何從一位湖濱自然的孤隱詩人，到溫和的社會改革者，再至擁護暴力廢奴激進者的思想歷程，賦予梭羅更整體的人生面貌，是本文之動機。海曼（Stanley E. Hyman）詮釋此一過程是「從自我（egocentric）到社群（socicentric）的動態演進」[1]，因此，「湖濱獨居是一個改變歷程中的象徵行動，是從個人的孤立過渡到

---

[1]　Stanley E. Hyman, "Henry Thoreau in Our Time", in Walden and Civil Disobedience: Authoritative Texts Background Reviews and Essays in Criticism, Edited by Owen Thomas (W.W. Norton & Company: New York), p.321.

集體社會認同；從抽象的哲學上看，是從一個柏拉圖式的烏托邦，再到一培根（F. Bacon）式的利他主義者。」[2]，貝克曼（Martin Bickman）即視《湖濱散記》不過是梭羅人生動態歷程的「中繼站（transition）」[3]。

因此，在檢視梭羅大部作品，宏觀俯視梭羅一生從文學之自我教化至政治廢奴的思想歷程，而有以下三階段的整理發現部分：

一、從個人「自我教化」以至湖濱「簡約生活」（Life of Simplicity）的實驗，最終至「邊界生活」（Border Life）的參與資本社會之實務調整。

二、政治理想從「最好的政府是什麼都不管的政府」，折衷以城市國家為概念的「權宜統治」論（the Rule of Expediency）。

三、廢奴運動則由溫和「公民不服從」到「暴力不服從」的路線改革。

而從這些演進的過程，我們也翻轉梭羅以往主觀予人幽然、隱世的消極印象，凸顯梭羅內心世界中，彈性、求變、激進的真實特質，還原他積極與務實的人生新貌，解析梭羅從個人至社會集體利他改革中，他受人忽略的務實面，則是本文旨意。

一、湖濱前期的改革理念：自我教化

梭羅一直是國人最感親切之外國作家，主要是他最廣為人知的代表作《湖濱散記》，充滿濃厚的中國風，有著「採菊東籬下」的悠然與「帝力於我何有哉！」的無為境界，這種直覺之附會，使得

---

[2]　ibid,.
[3]　Martin Bickman, Walden: Volatile Truth (New York: Twayne, 1992), p.57.

梭羅思想改革、務實的本質，受到極大的誤解；也再再說明梭羅長久以來予人消極、避世的隱士形象是大有出入的。

　　探勘梭羅個人改革思想之地圖，當追溯梭羅湖濱前期作品中，「自我教化」（self-educated）之孕育，就已顯現他改革人心道德之熱忱。一八四五年，湖濱「簡約生活」即是其實驗。待一八四七年，梭羅結束湖濱生活，「是因為時間苦短，我卻還有更多不同的生命尚待嘗試。」[4]；而重返社會發表之「邊界生活」（Border life），梭羅就已顯現對資本社會的退讓妥協；待《沒有原則的生活》（1954年）一文時，梭羅已宛如現代生活之道德說教者了！

　　回溯早期作品，梭羅的改革理念伊始圍繞著一個對立：梭羅一面堅信美國有優越於一切西方國家條件之所謂「獨特主義」；另一方面，梭羅卻又對美國人心迷陷物質生活與良知道德之墮落，感到失望。因此，梭羅改革的意念自始就是以個人為優先目標，而非刻意要逃避人世，社會從來不是他改革的目標，這也是後世常倒果為因，將梭羅形塑成不食人間煙火與世無爭的隱士最大原因。他認定社會是傳統及體制的集體合成，與社會接觸遇多，則個人心智愈加退化；他總是將改革侷限在個人道德的「自我教化」；甚至，對社群層次的組織性改革運動，梭羅亦視之體制化的壓抑，剝奪個人自由空間。[5]即使對當時同是超越主義者喬治萊普立（George Riply）在麻州，進行烏托邦式的集體社區布魯克農場（Brook Farm）或「果實地」（Fruitlands）實驗，都嗤之以鼻。對這些「集體公有社區，我寧可待在地獄的單身漢宿舍，也不想

---

[4]　Thoreau, Henry David, "Walden", American Literature, 5th edition, Vol. I, Ed. Nina Bayum, New York: W.W. Norton & Company, 1995, p.1937.

[5]　Milton Metlzer, Thoreau: People, Principles, and Politics (New York: Hill and Wang, 1963),p.6.

寄宿在此天堂之中」[6]。這種「自我教化」也反應在梭羅對慈善事業的不以為然，梭羅推崇個人的善是有如花果成熟後，自身而出的香氣，慈善則是短暫、臨時的；是一種藏著多樣的罪惡，不過是人類的自私膨脹其意義。[7]

考證梭羅早期作品，他一八四〇年發表的《服務》（The Service）一文中，展現了這般由內而外的個人自發性的精神追求，他塑造了所謂的「勇者」（brave man），基本上，他所具備性格就是疏離社會、個人獨立、重視道德與從自我內省中尋求個人最高精神生活。他「內在的神性有如聖殿之火」提供了他外在行為的指導，「一個人的生命應跟隨一個只有他的耳朵可聞的無聲音樂（unheard music）而前進，對其夥伴，也許是不協調與失和，他卻能更輕快踏步行進。」這時改革對梭羅言，就是服膺超越主義中之「自我教化」，以個人為主，人的高貴性質，可由個人單獨，自發性的內省取得。《服務》也透露此時梭羅好戰、激進的內在，當一八三六年德州脫離墨西哥獨立建國，梭羅對當時反奴人士抗議美國政府之不抵抗運動（non- resistance）是採取反對立場，而主「戰爭是被迫的和平。我們和平之無法聲取，切非因劍的生銹，或是出於沒有拔劍出鞘的能力；讓劍至少為和平所用，以保劍之光芒與鋒利。」[8]

一八四三年，梭羅因挑戰艾芝樂（J. A. Etzler）之《天堂可期》（The Paradise Within the Reach of All the Men, Without Labor, by Powers of Nature and Machinery），而在《日晷》（The Dial）發表《天堂復得》（Paradise to Be Regained）打起筆戰，重申自我教化的個

---

[6] Len Gougeon, "Thoreau and Reform", Joel Myerson, Henry David Thoreau (UK: Cambridge University Press, 1995), p.195.

[7] Thoreau, Henry David, "Walden", American Literature, 5th edition, Vol. I, Ed. Nina Bayum, New York: W.W. Norton & Company, 1995, p.1807.

[8] 原文見 http://sniggle.net/Experiment/index.php?entry=the service。

人改革論理。艾芝樂提出的一未來人類的烏托邦,是可以建立在物質與機械文明的「機器體制」(mechanical system)之上,當人改進文明與外在的環境後,個人也可隨之化成完善。《天堂復得》文中,梭羅對艾芝樂以物質成就作個人改革的傳媒,認為是換湯不換藥(improved means to an unimproved end),梭羅指出艾芝樂的最大錯就是以奢侈及舒適的外部生活手段,去追求內部精神生活之目的。梭羅的革心程式是人必先由內而外,先自我改革,自然與社會則自動改善。針對艾芝樂的「機器體制」,梭羅認為「任何的機器或它的特殊應用都是對宇宙法則的冒犯(outrage)」,反對任何機器文明體制強加於人,這些發明是對自然侮蔑(insult)。尊重自然的和平共生,仍是梭羅的一貫宗旨,「我承認,有時我寧可退化到套上頸軛的牛,享受犁田的樂趣。」。文末,他批評艾芝的天堂終將墜地,因為還是不夠高,除非它是蓋在天堂的屋頂之上。[9]

　　一八四四年,美國正逢資本主義工商大盛下,隨之而來社會改革風潮,梭羅發表之《改革與改革者》(Reform and the Reformers),除重申自我教化是追求善良與道德生活,社會改革的基礎外。梭羅將自我教化定義是「私下與個人的事業」(private and individual enterprise),梭羅目的是要表明他對當時如火如荼、琳瑯滿目的組織化的團體進行所謂的改革運動,不以為然的態度,因為組織化的改革仍是一種體制(institution),剝奪個人去進行自我改革的空間與自由。文中,梭羅以激動的語氣「我要求所有推行禁酒、司法、慈善、和平、家庭與社區的改革者,不要只給我們理論,他們不能證明什麼;改革者提供人採取一個制度或體制,不能只依賴雄辯或

---

[9]　原文見 http://sniggle.net/Experiment/index.php?entry=paradise。

邏輯，而是瞭解他真有一個內心完美的制度。」[10]，梭羅批評這些所謂改革者，根本連自己本身都尚未改革。

綜合以上我們可以看出美國此時由於正當改革時代（Reform Age），梭羅所謂的改革對象或主旨是以個人為中心，而且是自發性；梭羅反對組織性的改革運動，因為，既然個人能自發性的改善，社會的改革也沒必要了。但之後兩件事，而有梭羅與廢奴運動人士接觸及傾向組織性改革之微調，預告梭羅獨樹一幟孤鳥身影，最終還是得自「私下與個人」的低調回到體制的洪流。

一八四四年四月，由於任職激進廢奴報社《自由先鋒報》（Herald of Freedom）記者的羅吉斯（N. Rogers）呼應梭羅，認為改革是個人的運動，因此，一切的反奴運動組織因行解散，而被解職。梭羅在《日晷》刊物，即以《自由的先鋒》一文，聲援羅吉斯超越文學式的語言，讚許羅吉斯具有來自心靈而非頭部的智慧。

一八四五年三月，梭羅又以讀者投書（letter to editors）方式到《解放報》（Liberator），極力讚許支持廢奴言論的菲力普（Wendell Philips）。菲力普是當時最具雄辯力的激進廢奴主義者，但因其立場常受到保守人士反對邀請其講學，梭羅卻是極力為其辯護，歡迎他到康考特講座。梭羅極力崇揚羅吉斯與菲力普者，並不是侷限在解奴一事，乃是他們有更寬廣的改革視野，注視者乃是非黑白。但梭羅卻也藉此開始與激進及組織性的廢奴改革者交往，逐漸將解奴運動與他個人道德改革的意念加以連結，這種由個人改革轉化至社會改革者的憎愛情緒，梭羅研究學者哈汀（Walter Harding）指出：「雖然梭羅堅信積極的社會參與，會導致精神的遲緩退化，然而他

---

[10] 原文見 ttp://sniggle.net/Experiment/index.php?entry=reformers。

也無法對時代的政治與道德的爭議，完全置之不理。」[11]。由此可見，梭羅在四個月後，一八四五年七月，開始移居湖濱實驗他個人改革——「自我教化」時，梭羅並非全然清心憒懂於當時廢奴風潮。

二、簡約生活：遠離文明

　　梭羅思想根源來自超越主義，這是一結合歐洲浪漫主義與形而上直觀的思想，梭羅將之運用到了他對美國資本化後，社會貧富不均與人心不古的修正，而有自我教化的湖濱實驗，這般孤立且獨處自然「簡約生活」的心靈運動，看似靜默，但內容中，梭羅呼籲人民反傳統、反社會，反不義之政府，卻隱藏著最大變的動力。

　　梭羅選擇華爾騰湖，獨居實驗，可淵源自五歲時，時家在波士頓的梭羅與父親回鄉康考特，而首次看到華爾騰湖，從此「她東方亞洲式的山谷與林中景色常在梭羅夢中徘徊，尤其是她甜美的單獨，與他耳朵所能聞的無聲中的有聲，是他精神所需。」。除梭羅「自我教化」的實驗外，梭羅進行湖邊獨居，另外目的也希望建立一個安靜的寫作環境[12]，一八四一年十一月三十日，日記中，梭羅前往麻州劍橋（Cambridge），發現詩是無法在學院與圖書館中擁有生命的，梭羅以為作詩之捷徑應該是直接回歸田野與森林之中，一個好的詩必須是簡單而且自然的，只是個人最真實的經驗。[13]而

[11]　Walter Harding, The Days of Thoreau: A Biography(New York: AlfreA. Knopf, 1965), p.418.

[12]　Wright Morris, "To the Woods", in Walden and Civil Disobedience: Authoritative Texts Background Reviews and Essays in Criticism, Edited by Owen Thomas (W.W. Norton & Company: New York), p.385.

[13]　Henry David Thoreau. Journal, Ed. Robert Sattellmeyer, Elizabeth Hall

且，這對當時家中開設鉛筆工廠與民宿，且身患肺結核的梭羅，也是一個良好的休養環境，至少，我們知道梭羅為此而在大學時休學。一八四一年十二月二十四日，日記中，梭羅欲回歸自然生活，心情之切可見，「如果我能將現在的自己拋下，我希望立即移居湖邊，傾聽風行蘆葦中的低語。」[14]

一八四五年三月，梭羅終於付諸行動，朋友協助下，在愛默生湖邊所擁有的一塊地，建好他的小木屋後，特別挑選在七月四日——美國獨立宣言的紀念日，作為他實驗的首日，象徵他建立個人烏托邦之生活渴望。在兩年又兩個月的生活當中，是梭羅樂活、慢活於華爾騰湖的一段清靜無為中，找回個人生命本質及目標之心靈革命：

> 我走入森林，是因為我希望能從容不迫地過生活，找尋生命基本的真理，活出生命的深度與真髓，至於與生命無關或相關之瑣碎則盡皆捨棄，物質只需滿足身體所必要之最基本需求。[15]

單獨觀賞梭羅思想代表作——《湖濱散記》，主觀予人是消極、避世想像之作；梭羅也成了與世無爭的孤隱之士，或反文明之道德主義者，這可能是過度誇大「簡約生活」中超越主義形而上的部分。照愛默生（R. Emerson）的超越文學，《自然》一文中，回歸自然

Witherell et al. 7 vols. To date. Princeton: Princeton University Press, 1981, p.338.

[14] Henry David Thoreau. Journal, Ed. Robert Sattellmeyer, Elizabeth Hall Witherell et al. 7 vols. To date. Princeton: Princeton University Press, 1981, p0347.

[15] Thoreau, Henry David, "Walden", American Literature, 5th edition, Vol. I, Ed. Nina Bayum, New York: W.W. Norton & Company, 1995, p.1816.

的目的，就是找回個人的本能或直觀，證明個人可以經「自然通靈」
（communion with nature）中，找到他的神性（divinity）或「超靈」
（oversoul）[16]。但以個人自我教化為中心，梭羅則認為自然只是幫
個人找回自己的本性，因為，自我教化的成功是在（in）自然而非
經由（through）自然。這個差別可見在《湖濱散記‧動物鄰居》一
章中，隱士（梭羅自比）與詩人的一段對話：隱士因詩人的釣魚提
議，打斷他剛靠冥想與自然的交流，在選擇繼續冥想或釣魚時，因
為如何努力也無法恢復剛剛天人交通的感覺，而領悟走入自然才是
永遠與真實，光靠意想的融入是短暫，乃決定與詩人同去釣魚。[17]
梭羅也以個人在原始自然的「野性」取代自然附予的「神性」；個
人的「良知」取代「直觀」作為「人類最高法」（Higher Law），有
別愛默生對人有神格性的抽象看法。

　　首先，梭羅秉持「自然與人性」（Nature & Human Nature）一體
的和諧關係，作為這場文學實驗之前提。在《散步》一文中梭羅感
嘆美國有最原始之山川林地，然今人卻急於離開自然母親的懷抱，
投入社會的軀體，發展人與人的關係，造就有限膚淺的文明。[18]在
《公民不服從論》中，梭羅也說到：「人來自於自然，因此，自然乃
個人靈魂之源始，植物與自然相合相生，個人也不當例外。」[19]梭
羅甚至極端以為「如果人出生於原野，受野狼哺育，則有看待萬物
更清明的視野。」[20]

[16] Alan Brinkley, American History (Boston : McGraw-Hill,1999) ,p.403.

[17] Thoreau, Henry David, "Walden", American Literature, 5th edition, Vol. I, Ed.
Nina Bayum, New York: W.W. Norton & Company, 1995, p.1816.

[18] Thoreau, Henry David, "Walking", American Literature, 5th edition, Vol. I, Ed.
Nina Bayum, New York: W.W. Norton & Company, 1995, p.1971.

[19] Thoreau, Henry David, "Civil Disobedience", American Literature, 5th edition,
Vol. I, Ed. Nina Bayum, New York: W.W. Norton & Company, 1995,p. 1762.

[20] Thoreau, Henry David, "Walden", American Literature, 5th edition, Vol. I, Ed.

如何回歸自然？相較愛默生「自立」（self-reliance），梭羅卻提出更激勵、具體方法，就是「簡約生活」（Life of Simplicity）；基本上，這是梭羅企圖區隔「自然與文明」（Nature vs. Civilization）的論調。

湖濱的簡約生活論調是梭羅改革人心的實驗，極欲振奮者是人心改變的因子，理論上，梭羅之激進來自於反社會，個人與社會之間存在著相互否定的發展關係，認為社群是阻礙個人精神生活，接觸愈多，則受外務干擾愈多，一旦慾望滋生，則失去單純自然的本性，這種嚴厲的批判可見於：

> 社會普遍是膚淺的。我們因為必須不斷在飲宴、社交場合中相聚，只好訂下一些禮儀或禮貌的規範，好弄得這些經常的聚會可以讓大家忍受。結果是我們生活變得擁擠、妨礙與充滿阻塞，反而失去了彼此的尊重。[21]

梭羅認定群眾的生活是「絕望（desperation）的，而導致者乃人性之順從（resignation）。」[22]，「人已變成了他們手中工具的工具了」[23]。為改變這種現象，梭羅極欲顛覆世俗與傳統，手段必須是「祖宗不足法，人言不足畏」，一代拋棄前代之傳統，當如拋棄擱淺的船隻一般。[24]梭羅以為人類的智慧與年長無關，梭羅感慨生活

Nina Bayum, New York: W.W. Norton & Company, 1995, p.1769.

[21] Thoreau, Henry David, "Walden", American Literature, 5th edition, Vol. I, Ed. Nina Bayum, New York: W.W. Norton & Company, 1995, p.1840.

[22] Thoreau, Henry David, "Walden", American Literature, 5th edition, Vol. I, Ed. Nina Bayum, New York: W.W. Norton & Company, 1995, p.1771.

[23] Thoreau, Henry David, "Walden", American Literature, 5th edition, Vol. I, Ed. Nina Bayum, New York: W.W. Norton & Company, 1995, p.1787.

[24] Thoreau, Henry David, "Walden", American Literature, 5th edition, Vol. I, Ed. Nina Bayum, New York: W.W. Norton & Company, 1995, p.1772.

在世三十幾年，從沒得到一位智慧長者之建言，反而最懺悔的事就是街坊鄰居對他「好行為」的讚美。至於人言，梭羅譏為是「虛張聲勢之暴君」。[25]

梭羅特別引用孔子「知之為知之，不知為不知」，說明只有真理，而非傳統，才決定個人之思考與未來。梭羅就地取材華爾騰湖的湖深為例，多年來就只用深不可測的傳說，限制了個人去發掘真相的行動，甚至還誇張到湖底可通至地表另一端；而梭羅不過以釣線懸以石塊，即輕易觸底，測得湖水 107 呎深[26]，諷喻人性「從眾」與認命的惰性。

至於回歸自然的方式就是必先捨得一身寡。梭羅感觸當時美國人民道德墮落，肇端「越多越好」的生活觀，因此，他採取逆向思考之「不是我們能拿多少？而是我們如何以最少渡日？我們取之愈少，則愈滿足。」

梭羅認為只要人一旦在生活的天秤上，拋棄一切「文明的體面」，則現行一切傳統人心與因循體制將顯得荒謬與不繼，一些現行文明下的既定觀念將自動產生顛覆性的翻轉，如：貿易，既然俯拾皆是維生之物，千里之外的貿易行為自非必要；慈善的意義也變得不一樣，因為貧窮的定義已經是精神而非物質的缺乏，甚至連「繼承」都當捨棄，有如他拒絕繼承父親鉛筆工場，梭羅以為限制人心的傳統與規範皆藉此制遺傳後世，梭羅徹底不為物役的心態由此可見：

---

[25] Thoreau, Henry David, "Walden", American Literature, 5th edition, Vol. I, Ed. Nina Bayum, New York: W.W. Norton & Company, 1995, p.1771.

[26] Thoreau, Henry David, "Walden", American Literature, 5th edition, Vol. I, Ed. Nina Bayum, New York: W.W. Norton & Company, 1995, p.1917.

> 我以為青年男女最大不幸就是繼承父母之田產、房舍、穀
> 倉、牛到農具，因為他們易得而難捨。……將美好之人生一
> 如堆肥，犁入田中。[27]

身無掛念之下，梭羅把物質生活降到最低維持之水平，梭羅以為除了「食物、遮蔽、衣褲與薪柴」外，餘皆長物，僅花了二十九元購買木料，與朋友親手搭建了一間小木屋，開始兩年兩個月又兩天與自然為伍的獨居生活。梭羅依靠耕作收成和以為是個人最好的工作——「短工」（day labor）[28]，追求簡約的田園生活，所以梭羅並非是絕對無業，不事生產。梭羅也是一位素食者，不飲茶與咖啡，他不吃肉，索性後來連華爾騰湖的釣魚也不吃，只吃小麵包與馬鈴薯，飲湖水，每年維生的花費僅八塊美金，過著一簞食，一瓢飲，人不堪其憂「顏回之樂」的日子，證明他可以每年工作六週，以換得一整年簡約的生活所需，其餘的三百天他得到了閒暇和獨立，可以自由地閱讀、思考、寫作與林中漫步，把文明的繁瑣盡數剃去：

> 我們應該改變事物的順序：第七天應該是人類勞動的日子，
> 在這一天以額上的汗水賺取生活所需：其餘六天則作為感性
> 和靈性的安息日，漫遊在廣袤的花園裡，啜飲大自然溫柔的
> 感化和崇高的啟示。

---

[27] Thoreau, Henry David, "Walden", American Literature, 5th edition, Vol. I, Ed. Nina Bayum, New York: W.W. Norton & Company, 1995, p.1769.

[28] Thoreau, Henry David, "Walden", American Literature, 5th edition, Vol. I, Ed. Nina Bayum, New York: W.W. Norton & Company, 1995, p.1805.

林中的日子，黎明即起至正午之間，梭羅忙碌於荳田的栽種，這時的對象大概只有他口中常與他爭食作物的土撥鼠，中午後，則全屬於個人的時間，閱讀之餘，華爾騰湖是梭羅自然生活的觀察中心，湖水清澈見底，隨季節，湖色忽藍忽綠，湖邊山、林環繞，水鳥聚集，魚藏豐富，梭羅常在午後，划船至湖心後，倘佯湖中，任船隨風浮盪，直到飄抵岸頭，或在萬籟寂靜的午夜湖中垂釣，「我就這樣將一天最寶貴的時光如此消磨，不以金錢衡量，我是富有的。」[29]

回歸到極簡的生活，擺脫文明與世俗誘惑，自然則幻化成有機與靈犀，變成是可溝通與交感的，《獨處》一文中，最能傳遞梭羅享受與自然合而為一的實驗結果與滋味：

> 這是一個美妙的傍晚，全身融貫，化成一感，有著無入而不自得喜悅。我有一種悠遊在大自然來去中，奇妙的自在；我與自然已結合一體。我以林木為界，隔出了自身的地平線，在這個小天地裏，我有自己的日、月、星辰。彷彿我是這化外之地的第一也是最後一人。我卻經驗了最美妙、最溫柔的時光，任何活在自然中的人，暗沉的憂鬱或麻木不仁是不可能發生在他身上。當我在享受季節的友善，沒有任何事可讓我感覺生命會是一項負擔，似乎我得到更多神的眷顧，我從不感到寂寞，甚至感受不到一點單獨之苦。[30]

---

[29] Thoreau, Henry David, "Walden", American Literature, 5th edition, Vol. I, Ed. Nina Bayum, New York: W.W. Norton & Company, 1995, p.1869.

[30] Thoreau, Henry David, "Walden", American Literature, 5th edition, Vol. I, Ed. Nina Bayum, New York: W.W. Norton & Company, 1995, pp.1836-1837.

三、梭羅人格的務實

梭羅一直被冠上隱士、孤立與反文明的形象，其實，梭羅在書中，都有正面的回應其務實之性格，如一開始就寫道：「湖濱之經驗是務實而非理論地解決現今的生活問題」[31]，也自承「我愛社會一如大多數人一樣，我有如吸血者專注著充滿血液前來造訪之人。我當然不是隱士」。[32]「既然生在十九世紀，為什麼不好好善用十九世紀文明提供的優勢？」[33]

雖然理論上，梭羅在湖濱生活是有計畫的去建構一個封鎖的個人環境，但心境上，還是有隨時回歸社會，不願隔絕於世的念頭，柯勒奇（Joseph WoodKrutch）在《發現的天堂》（Paradise Found），認為整個梭羅的湖濱自然的實驗生活，其實只是一個「姿態」的象徵性宣示[34]；以美國當時工業文明程度，住在城市的隔絕度，當不亞於避入鄉間，雖然理論上，梭羅希望隔離所有代表文明之外界資訊，只有這樣才能觸及真理的底層。但真正的情形是在兩年兩個月的日子中，梭羅並沒大隱於世，不但是「結廬在人境，常聞車馬喧」，居所與城市中心相距不遠，只距一英里半，亦稱不上是一個探險（adventure）；木屋相近鐵路，火車來往不絕，

---

[31] Thoreau, Henry David, "Walden", American Literature, 5th edition, Vol. I, Ed. Nina Bayum, New York: W.W. Norton & Company, 1995, p.1774.

[32] Thoreau, Henry David, "Walden", American Literature, 5th edition, Vol. I, Ed. Nina Bayum, New York: W.W. Norton & Company, 1995, p.1841.

[33] Thoreau, Henry David, "Walden", American Literature, 5th edition, Vol. I, Ed. Nina Bayum, New York: W.W. Norton & Company, 1995, p.1826.

[34] Joseph Wood Krutch," Paradise Found", in Walden and Civil Disobedience: Authoritative Texts Background Reviews and Essays in Criticism, Edited by Owen Thomas (W.W. Norton & Company: New York), p.385.

梭羅就常沿著鐵軌漫步到城中拜訪朋友,聽聽鎮民的閒聊,有時甚至逗留至深夜,再從夜色漆黑中穿林返屋,而這段湖濱的日子,屋中亦是座上客常滿,常有二、三十人來訪,竟是他一生社交最頻繁的時候。「我房內只有三張椅子:一張是獨處用,第二張是為朋友,最後則是社交用」[35];由此可見梭羅的湖濱獨處日子中,還是有社交生活的。梭羅也會加入湖邊釣客寒暄,除熟識者外,梭羅與陌生者,如採果莓的孩子、學生、釣客、獵人、農夫、趕集的商人或旅遊者都時有接觸與對話,他與社會仍保持密切聯繫,他拒繳人頭稅入獄,就是在前往鎮上取回修補的鞋子時被拘補,甚至不斷公開演講、遊歷以接觸群眾。畢竟,人類是群居的動物,梭羅自不例外此一天性。

　　梭羅態度也絕非食古不化,完全之反文明,兩者是可相容,梭羅坦言他所珍視者乃自由,如能善用美食與華屋而不礙自由,人類的發明與工業之便利當然比較好,自然也可追求。[36]他雖自認簡約生活是一種「自願的貧窮」(voluntary poverty)[37],但對文明提供之優勢自當接受,「既然生在十九世紀,為什麼不好好善用十九世紀文明提供的優勢?」[38],他舉例固然印地安帳篷或獸皮有多好,但畢竟磚瓦、木板,便宜易得,「只要我們多用一點智慧,善用文明的物資材料,我們可以比富人更富裕,使文明成為真正之福祉。」(Walden 1788)。所以僅管梭羅認為六呎長,三呎寬,一美元就可

[35] Thoreau, Henry David, "Walden", American Literature, 5th edition, Vol. I, Ed. Nina Bayum, New York: W.W. Norton & Company, 1995, p.1841.

[36] Thoreau, Henry David, "Walden", American Literature, 5th edition, Vol. I, Ed. Nina Bayum, New York: W.W. Norton & Company, 1995, p.1805.

[37] Thoreau, Henry David, "Walden", American Literature, 5th edition, Vol. I, Ed. Nina Bayum, New York: W.W. Norton & Company, 1995, p.1774.

[38] Thoreau, Henry David, "Walden", American Literature, 5th edition, Vol. I, Ed. Nina Bayum, New York: W.W. Norton & Company, 1995, p.1826.

購得之箱子，就足可為身軀之居，他仍花了二十八美元，為自己自建了一棟依山面湖的木屋。然最能看出梭羅凡人性格者是梭羅書中無意識透露出他選擇重返自然的生活實驗，並非完全出自「高尚」的動機，不過是埋怨儘管他如何認真與無私的自願擔任風雪的警戒員、測量員、巡守員，但鎮上的人還是不願將他編制公所人員，付他薪水，才逼使他產生另求生活方式的念頭。[39]

　　這種務實的性格亦展現在梭羅行銷他簡約生活論調的彈性，從前期曲高和寡、恨鐵不成鋼之疾言厲色，到後段，梭羅轉而採取生動、易解之投資報酬律的說理轉變，梭羅愛引經濟學家亞當史密斯（Adam Smith）理論：經濟成長依賴放寬個人進行「自利」（self-interest）的自由；改以人民如果能有運用時間的自由，這個自由可以給他的是個人心理與精神的成長報酬。這在《巴克農莊》中與佃農約翰費爾德（John Field）的生動對話中可見。他勸費爾德在人生衡量報酬的追求，加大個人自由與自我部分比重而非工作與金錢，也就是如果你投注維生的必需品成本越低，你就可以換取到的生活報酬就是越多的精神自由及自我。好比如果你選擇作老師，則必須在世俗文明的要求下，投入更多的衣食費等，加上自由的損失，反而得不償失，梭羅已頗有現代「生活精算大師」的風貌。梭羅這種成本報酬的口吻，同樣運用到他鼓舞麻州人民作公民之不服從上：「因為政府具有報復的能力，但對生活簡單，一窮二白的我而言，我卻負擔的起，因為我不守法的成本永遠低於守法。」[40]

---

[39] Thoreau, Henry David, "Walden", American Literature, 5th edition, Vol. I, Ed. Nina Bayum, New York: W.W. Norton & Company, 1995, pp.1776-1777.

[40] Thoreau, Henry David, "Civil Disobedience", American Literature, 5th edition, Vol. I, Ed. Nina Bayum, New York: W.W. Norton & Company, 1995, p.1761.

四、邊界生活：文明與自然的調合

一九四七年九月，梭羅決定結束湖邊獨居，走出森林：

> 我決定結束湖濱森林日子的理由，一如我當初開始它的原
> 因。因為我有更多的生命空間有待經歷，而時間卻苦短；人
> 是多麼容易與快速地就耽溺在既定成俗的道路；我更不願故
> 步自封，作繭自縛於窠臼之中。[41]

　　自華爾騰湖畔返回康考特鎮，梭羅開始宣揚捍衛他兩年兩個月
的自然簡約生活實驗；一九五一年，他發表《散步》一文，提出「邊
界生活」的修正，也就是他出於「忠誠與愛國」必須過著來往於自
然與現實社會的生活。[42]這顯現了梭羅認知到「簡約生活」的陳義
過高；但也承認了自然與文明世界難以區隔的限制。而梭羅提出這
種相容的修正也是為他以市民的資本社會個體，卻勸說大眾重返自
然的不對稱，找尋一個妥協的理論。
　　自「簡約生活」由文明與自然之對立轉移至自然與文明之相
容，比較《散步》與《湖濱散記》，我們發現梭羅強調者，已經趨
向「經驗」（experience）大於「理論」（theory）的務實調整，在
《湖濱散記》中梭羅愛用之「漫遊（saunter）於人生」一語，已
變成在林中的「散步（walking）分享」了，最能顯見這般精神轉
變於文中一段，梭羅爬上白松（white pine）之頂端樹枝，以眺遠

41　Thoreau, Henry David, "Walden", American Literature, 5th edition, Vol. I, Ed.
　　Nina Bayum, New York: W.W. Norton & Company, 1995, p.1937.
42　Thoreau, Henry David, "Walden", American Literature, 5th edition, Vol. I, Ed.
　　Nina Bayum, New York: W.W. Norton & Company, 1995, p.1973.

山，結果意外發現前所未有之白松花，梭羅極欲帶回村鎮，沿路與陌生人以至農夫、樵夫、木商、獵人一起分享討論這宛如是「天上掉下來的星星」驚奇[43]，顯示了「邊界生活」已更近人性合群而非孤芳自賞的現實調整。

　　而在《湖濱散記》所出現的與自然明心見性的境遇，在《散步》一文中，梭羅也同樣的體驗與描述了這個「異象」。發生在十一月，一個灰冷的傍晚，梭羅與友人漫步到溪邊草原時，正逢落日灑下最明亮與柔和的光輝，梭羅走進了這純淨光輝之中，彷彿天境，有如沐浴在金色的洪流之中，打在背上的金光，有如驅趕梭羅返家的牧羊人，梭羅方知已走入「聖地」（Holy Land），太陽所照射者是一道生命之光，穿透心靈與意識，喚醒梭羅的完整生命。但不同者，是梭羅意識到「這不是單獨與永不再發生的景象，而是向日後來此散步的人鼓舞與保證，可以永遠在無數這樣的傍晚發生。」[44]

　　梭羅的「邊界生活」，在湖濱後的緬因森林之旅中與印地安人的相處、接觸，取得繼續的支持、啟發；梭羅臨終時，最後所說的就是：「麋鹿」與「印地安」兩個字，可見緬因之旅是他回歸天地的最後懷念。梭羅在《湖濱散記》的《經濟》一篇，傳達人可在最簡單的物質需求，「僅食物、遮蔽、衣褲與薪柴皆多餘」下，求取最高的精神生活時，就不斷以印地安人是與「自然」最貼近的野人[45]，推崇他們處理生活物質需求上，簡單卻實用的智慧。梭羅舉印地安

---

[43] Thoreau, Henry David, "Walking", American Literature, 5th edition, Vol. I, Ed. Nina Bayum, New York: W.W. Norton & Company, 1995, p.1967.

[44] Thoreau, Henry David, "Walking", American Literature, 5th edition, Vol. I, Ed. Nina Bayum, New York: W.W. Norton & Company, 1995, p.1976.

[45] 在《湖濱散記》，尤其是《散步》一文，「野人」（savage）與「野性」（wild）兩字，在梭羅意義中是毫無「白種人」定義的「野蠻、沒教育、不衛生」負面意思，梭羅以 savage 拉丁文原意者，乃指森林之意，因此，森林之人（woodsperson）即是野人，在梭羅心中就是「自然人」之意。

人的帳篷（wigwam）為例，發現配合自然簡約實用的製作，使印地安人一生不需輾轉在房屋債務壓力，自由自在反見富裕。[46]梭羅因此稱讚印地安人道：「真正的文明人不過就是有經驗與智慧之野人。」[47]一八四七年離開華爾騰湖畔森林，梭羅依然繼續著這般的天人探索，特別是在一八五七年第三次的緬因森林的 The Allegash and East Branch 之旅，由印地安人 Joe Polis 擔任嚮導，十一天與印地安人 Penobscots 部落的接觸，可說是他「二次湖濱散記」的延續與驗證，而不同是 Walden 湖畔以抽象自然為伴及個人為主，他此般則是以接觸具體的印地安人（Penobscots 部落）作觀察對象，經由與 Polis 和他們的互動，梭羅學習觀察到印地安人的風俗、葬禮、語言等，而對印地安之生活方式有了精神啟發，當他看到 Polis 是以對話方式，企圖捕捉麝香鼠（muskrat），梭羅認為印地安人理想、反文化、原始、天真的性情，已是完全融入自然狀態下的野人，無異是活在他所追求的自然生活之下。在寫與友人 H. G. O. Blake 信中，梭羅讚嘆：

> 我在做了印地安生活地區的短暫遊歷後。我發現了印地安人更具神性（divine），並有一切讓我感到興奮與愛慕的人類新自然力。與白人在自然林野中相較，印地安人在林中的來去自如，充滿著智慧的靈性，讓我不但能力增長，且更有信仰尊循。我喜悅的發現這般智慧流露在我所未知的其他管道中，彌補了我仍粗野的部分。[48]

---

[46] Thoreau, Henry David, "Walden", American Literature, 5th edition, Vol. I, Ed. Nina Bayum, New York: W.W. Norton & Company, 1995, pp.1782-1783.

[47] Thoreau, Henry David, "Walden", American Literature, 5th edition, Vol. I, Ed. Nina Bayum, New York: W.W. Norton & Company, 1995, p.1788.

[48] August 28,1857, in Joseph J. Moldenhauer, "Thoreau to Blake: Four Letters

更富意義是緬因之旅也支持梭羅對所謂「簡約生活」標準的退讓。而這「務實」現象來自他與印地安想嚮導 Polis 的相處，梭羅對印地安的瞭解，實際來自 Polis 個人的影響最深，文中那位「林中來去自如與彌補梭羅野性一部分」，就是 Polis。在梭羅關鍵第三次的緬因森林之旅，他與 Polis 伊始就達成「相互教授對方自己所有的知識」[49]的交易，在梭羅眼中，他與年長他六歲的 Polis 是兩個不同世界（自然與文明）的對方或說 Polis 是文明世界的梭羅。Polis 是一位現代化的印地安人，也是 Penobscots 部落的發言人，在文明的世界，Polis 擁有房子、土地及價六千美元的財產，拜訪美國名流，常代表族群與美國政府談判，但仍保有原住民的尊嚴及一切野外自然與生俱來的技巧，譬如梭羅怎麼也學不來林中「導向」的天賦及製獨木舟的技術。[50]Polis 常穿梭於自然與現實的生活之中就是梭羅自承的基於現實需要及對國家的關心過著「邊界生活」，梭羅至此顯然並不堅持人一定要如同他在湖濱離群索居，與世隔絕。

一八五四年，梭羅發表《沒有原則的生活》，主題已只限探討工作的價值，嚴厲抨擊當時美國社會的物質文化，「個人世界就是忙碌於賺錢與工作、工作、工作」，梭羅以「美國人民雖已政治上取得自由（梭羅似乎忘了他最痛恨的奴隸制度還繼續壯大），卻淪為有財產的奴隸」，並譴責美國政治、立法人士都是這些「財奴」的滋生者[51]。異於自我教化之簡約生活，沒有再鼓舞世人離群索居

Re-Edited," Texas Studies in Literature and Language, 1996, p.p. 49-50.

[49] Henry David Thoreau, The Maine Woods. Ed. Joseph J. Moldenhauer(Princeton: Princeton University Press,1972),p.168.

[50] Henry David Thoreau, The Maine Woods. Ed. Joseph J. Moldenhauer(Princeton: Princeton University Press,1972),p.185.

[51] Thoreau, Henry David, "Life Without Principle", American Literature, 5th

的教條，梭羅似已接受資本社會下的現實，盡力疾呼「勞力只是換取薪水是自欺亦欺人，生活必須擇其所愛，而寧可挨餓與賦閒，也不願在生活爭食之中失去他的良知。」，但梭羅也預告「被人視作懶漢（loafer or idler）是親近道德的代價」，梭羅已宛如現代生活的道德說教者了！

五、梭羅的政治理想國：權宜統治

　　一八四六年五月，正當梭羅耕讀華爾騰湖邊，美國發動了對墨西哥戰爭，梭羅以政府企圖擴張奴隸制度至德州，拒絕繳稅抗議，結果被拘捕入獄，梭羅方才認識了「我所居住的麻州，我一刻都不願承認這個支持奴隸的政府也是我的政府。」[52]，乃憤而發作《公民不服從論》，獄中，他嘲笑麻州政府，圍牆限制的不過是血肉之軀，卻關不住自由人心，決心對麻州進行「沈默的宣戰」[53]，這對梭羅決定結束林中獨善其身，走入社會進行政治的批判，有著極大的影響，他在《麻州的奴隸》有清楚的自白：

> 儘管我從不尊重與我近在咫尺的政府，我只要關心自己的事情，無視於政府的存在，我愚蠢的相信我還是可以設法的在這裏生活下來。但最後我發現我要失去一個國家了！對我而

---

edition, Vol. I, Ed. Nina Bayum, New York: W.W. Norton & Company, 1995, p.1988.

[52] Thoreau, Henry David, "Civil Disobedience", American Literature, 5th edition, Vol. I, Ed. Nina Bayum, New York: W.W. Norton & Company, 1995, p.1754.

[53] Thoreau, Henry David, "Civil Disobedience", American Literature, 5th edition, Vol. I, Ed. Nina Bayum, New York: W.W. Norton & Company, 1995, p.1764.

言，當麻州政府將無辜之人推入奴隸世界，我舊日之前的追
求與對生活的投注，已大為不值。（Slavery in Mass: 1952）

　　梭羅對此打了一個比方，好比當你發現你所擁有的雅緻圖書館
（喻湖畔森林）竟在地獄（喻麻州）之中，你的生活也是毫無價值。
　　一八四八年，梭羅《公民不服從論》是有關他政治理想國度最
完整之論述。而建構他理想國者，乃根基他「權宜統治」（the Rule
of Expediency）理論──政府不過是一種「權宜的設施」[54]，梭羅
以為最好的政府不是麥迪遜所謂「管得最少的政府」，而是「什麼
都不管的政府」[55]，梭羅亦不認為民主是人民生活方式之最佳選
擇，分析梭羅理想國度的概念，基本是以美國「獨立宣言」──「個
人生命、財產與自由之不可剝奪，統治者一切施政必須基於被統治
者之同意，否則人民有權推翻。」為根本；再進一步將民主建國思
想──「政府愈小，則個人自由愈大」的比例原則，作「更大的反
比」主張，亦就是「政府越權宜，則個人越能獨立發展其良知」[56]。
　　因此，梭羅的理想國度內是沒有法律，因為法律也是權宜之
物，而是以個人良知為斷，公平正義（justice）是靠道德而非法
律達成。梭羅將他林中個人實踐所得之「最高法則」──「個人
良知」，認為它才是政治最高之標準，而非法律。梭羅說明「一
個自由、理性的國家，就必須認同個人才是最高與獨立之權力，
是一切其他權威的來源。」[57]，公民有必要聽從於立法者嗎？那為

[54] Thoreau, Henry David, "Civil Disobedience", American Literature, 5th edition,
Vol. I, Ed. Nina Bayum, New York: W.W. Norton & Company, 1995, p.1753.
[55] Thoreau, Henry David, "Civil Disobedience", American Literature, 5th edition,
Vol. I, Ed. Nina Bayum, New York: W.W. Norton & Company, 1995, p.1752.
[56] Thoreau, Henry David, "Civil Disobedience", American Literature, 5th edition,
Vol. I, Ed. Nina Bayum, New York: W.W. Norton & Company, 1995, p.1753.
[57] Thoreau, Henry David, "Civil Disobedience", American Literature, 5th edition,

什麼每個人還要有良知？與其養成尊重法律的習慣，不如養成尊重權利的習慣。梭羅相信有獨立思考與自由意志者，何需依靠政府之法律而生活，個人之道德良知超越人為的法律，人們應該遵守內心的良知，而非人為制定的法律。

梭羅強烈質疑「由投票所產生之多數決的民意」決非最明智的，對少數言，也不是最公平的，多數決不過是最強勢地位者的多數暴力。梭羅認為民主制度下，投票不過是一遊戲，帶有賭博毫無道德成份，有智慧與良知之個人是不會讓正義公平依賴在機會及多數意志的施捨。[58]由梭羅一再具體提出批評與觀察，我們發現梭羅所欲針對政治改革對象當是立法者。梭羅認為美國從來沒有真理與啟發性的法律，政客與立法者以偏見去訂下狹隘的制度，一味使人如牛、馬，淪為政府的奴役，卻取得人民的感激與愛戴，變成木人石心者，反被讚許為「良民」。梭羅以美國立法者只會玩弄「文字遊戲」，而警告美國人民再不解放法律，美國國勢終將不保。[59]梭羅以美國從拓荒時期、征服大西部與貿易開拓，都是在個人自由之下，所建功業。人民固有的品格，已經完成了許多事，要不是政府從中阻礙，有如在鐵軌上放置障礙者，他們應該還會做得更多。

由此可見，梭羅的「權宜統治」思考是偏重在個人的權利與少數人的意見，否定多數決統治的定律，個人良知與道德可以取代法律成為政治運行之最高法則，梭羅等於是將國家秩序拉高到最高之道德層次（一如他在個人生活主張應以精神而非物質為目標），而非

Vol. I, Ed. Nina Bayum, New York: W.W. Norton & Company, 1995, p.1767.

[58] Thoreau, Henry David, "Civil Disobedience", American Literature, 5th edition, Vol. I, Ed. Nina Bayum, New York: W.W. Norton & Company, 1995, p.1756.

[59] Thoreau, Henry David, "Civil Disobedience", American Literature, 5th edition, Vol. I, Ed. Nina Bayum, New York: W.W. Norton & Company, 1995, p.1767.

法律的運作標準，推翻麥迪遜以為「政治之不可能就是每一個人都是天使」[60]鐵律。但須澄清者是，梭羅即使相信人皆可為聖賢，他所追求者不是一個「立即的無政府」（at once a no government），而是一個「立即且比現在更好的政府」（at once a better government）」[61]，正確的說法是梭羅想像「完美、光榮理想國度」應是介於無政府與政府間，一個最小的力量，以道德為治的政治境界。梭羅以為在人類生活中，理想之政治運作應該是最無知覺之事，有如人體消化器官般無意識的運作。

因為政府不過是一種「權宜設施」[62]，「權宜統治」論又非無政府主義論調，梭羅仍視政府乃必要，務實下，梭羅主張政治惟一常設（standing）機構者乃「鄉、鎮」，應該取代州為國家之政治單位，鎮民會（town meeting）才是美國最能反應真實民意的真正國會（Congress）[63]，可見梭羅所希望「什麼都不管的政府」國度，事實是回復到早在憲法制定前，十三州鄉鎮自治運作的政治復古形態。這項發現，十八世紀法國政治家托克維爾（A. Tocqueville）即早觀察到，美國人民深厚的民主文化素養即來自殖民時期所形成的一種「鄉鎮精神」（township spirit），在「鄉、鎮」的獨立與自治之

---

[60] 參閱美國聯邦主義論文集第五一號。美國憲法之父麥迪遜（James Madison）說：「如果人是天使，就不需要政府；如果是天使統治人，就不需要對政府做任何外來的或內在的控制。」這句話，正是近代憲法學的核心概念。柏拉圖（Plato）相信人類裡會有人格完美無瑕智慧通曉天地的超人，以他提倡「哲君」；基督教則以為現實人世裡是不會有這種超人之假設。

[61] Thoreau, Henry David, "Civil Disobedience", American Literature, 5th edition, Vol. I, Ed. Nina Bayum, New York: W.W. Norton & Company, 1995, p.1753.

[62] Thoreau, Henry David, "Civil Disobedience", American Literature, 5th edition, Vol. I, Ed. Nina Bayum, New York: W.W. Norton & Company, 1995, p.1753.

[63] Thoreau, Henry David, "Slavery in Massachusetts", American Literature, 5th edition, Vol. I, Ed. Nina Bayum, New York: W.W. Norton & Company, 1995, p.1948.

下，投票並非有效解決問題唯一辦法，關鍵點是在「鄉鎮會議」中的「充分討論」下對個人自主的尊重。可見，梭羅不論是文學上簡約生活的反文明論調與政治理想國度的內容雖頗具前衛，然本質上，都充滿復古的精神。

六、廢奴：暴力的不服從

梭羅政治理念中，令人印象至深與最為影響後世者，是他創意的反抗政府設計，剛自林中回歸現實人生的梭羅，這時所呈現是柏拉圖式的溫和革命者的態度。梭羅認為一個違反「個人良知」施政的政府，人民即可行使推翻政府的革命權，但梭羅雖認同人民有革命之權，然而手段上卻是他所謂之「和平革命」(peaceable revolution) [64]，並不主張以暴力流血因應，而是人民以集體消極或不遵守方式反抗國家法令，癱瘓政府。梭羅是完全反對「惡法亦法」的鄉愿，梭羅將麻州政府喻為機器，而人民有如反作用之摩擦力，以抗衡其邪惡。人民面對不義之法的態度就是觸犯，作法是拒絕納稅，官員辭職，走向監獄，梭羅以為「當一個奴隸的政府專拘正直之士時，監獄是正義之人的惟一所在。」[65]。公民不服從與簡約生活都反應梭羅一貫之「實用與效率」的觀念，梭羅並不偽善與清高，在《公民不服從論》中，他也現實承認「人們沒有義務使世界變得更美好，因為這是非常費時；而我還有其他的事務要做。」但即使如此，他至少有義務洗手不幹，不給予實際的支持。「我來到世間

---

[64] Thoreau, Henry David, "Civil Disobedience", American Literature, 5th edition, Vol. I, Ed. Nina Bayum, New York: W.W. Norton & Company, 1995, p.1760.

[65] Thoreau, Henry David, "Civil Disobedience", American Literature, 5th edition, Vol. I, Ed. Nina Bayum, New York: W.W. Norton & Company, 1995, p.1759.

的首要目的並不是為了使這塊土地易於生存，而只是要生存於其間，無論它是好是壞。」。[66]梭羅提出十萬人投票後，在不知結果下，各自散去，但十萬人湧入監獄，則可立刻解奴。[67]

一八四八年《公民不服從論》尚以美國民心已將要被政府奴化，在麻州州民依然聽者渺渺的情形下，直到一八五四年《在麻州的奴隸》發表，梭羅方將改革的焦點聚集在廢奴運動，梭羅也開始傾向激進的暴力主張。

為抵制南方奴制的進逼，北方廢奴者發明「地下鐵」方法，以地點接力的方式協助南方逃奴奔向北方，再送至加拿大。梭羅的故鄉麻州康考特正是地下鐵相當活躍的一站，梭羅也常任所謂「車掌」（conductor）一職。一八五〇年，美國國會通過逃奴法，規定所有黑奴即使逃到北方建立居所，北方也必須以政府力量將其遣返回南方奴隸主。梭羅堅守道德與良知沒有妥協餘地，反對天理不容之「一八二〇年折衷案」與一八五〇年之「逃奴法」，都不過是政客與立法者不願面對真象之拖延。一八五四年，隨著南方奴制的蔓延依然不止，美國南北對黑奴解放與否的爭議，進入白熱化的攤牌時刻。梭羅言論與主張上，皆更顯激進與聳動；也從溫和的改革者漸進至暴力的不服從。

一八五四年，美國堪薩斯領地，欲申請升格成新州，至於蓄奴與否？則由未來「州民自決」投票中表決，蓄奴與解奴人馬為取得上風，爭相湧入當地，結果蓄奴人士取得投票勝利，反奴者在勞倫斯（Lawrence）另立政府，堪薩斯成了一州兩府，聯邦支

---

[66] Thoreau, Henry David, "Civil Disobedience", American Literature, 5th edition, Vol. I, Ed. Nina Bayum, New York: W.W. Norton & Company, 1995, p.1758.

[67] Thoreau, Henry David, "Civil Disobedience", American Literature, 5th edition, Vol. I, Ed. Nina Bayum, New York: W.W. Norton & Company, 1995, p.1759.

持蓄奴派以武力掃蕩反奴人士，堪薩斯從此陷入喋血暴動。堪薩斯州有如美國當時縮影，黑奴問題已是這年輕國家能否堅持她人權立國——「人生而平等」之理想的最大考驗。一八五四年五月，美國國會繼德州再度通過堪薩斯——內布拉斯加法案，允許兩領地以奴隸州加入美國，等於違反一八二〇年折衷案中 36 度 30 分以北不蓄奴之政治協定，更被北方廢奴人士視為最大的挫敗，同時間，波士頓法院正好逮捕了逃奴伯恩斯（Anthony Burns），並判定歸還南方奴主，廢奴人士決定採取攻擊法院的流血行為，造成一人死亡，多名廢奴人士遭到起訴。伯恩斯被麻州用政府力量重回奴隸生活，給予梭羅極大的刺激，不但徹底死心個人自我教化的實驗，連溫和、非暴力的和平革命都不足號召。從此，全力轉向廢奴運動，投入廢奴組織，梭羅主張即使流血也在所不惜。[68]

　　一八五四年，梭羅以同樣手法象徵他另一個行動的開始，選擇七月四日（一如九年前，他開始湖濱生活之相同日期）發表《麻州的奴隸》，不單諷刺麻州以命令強制最需要自由的黑奴去釋放煙火與敲擊鐘聲，慶祝合眾國獨立紀念，趁機呼喚麻州居民立即推翻麻州政府，廢除違反良知與人性的逃奴法。梭羅文中一一指名道姓的將麻州州長、法官與軍隊，數落是政治「權宜」性的設立，麻州州憲支持逃奴法，等同支持這三百萬人（全國黑人）是奴，且應繼續為奴，已是謀殺者工具；而麻州法官行使的工作竟是認證誰者為奴，泯滅良知與人性，而忘了上帝已經賦予他們是人的神聖權利。

　　至於麻州州長，梭羅以最輕蔑的話語認為是麻州最不堪之人與職位。州長完全服從奴隸主的利益，剝奪無辜之人生命、自由與造物者予之一切權利，是不法、無能與邪惡之化身，如此州長最好的

---

[68] Barry Kritzberg , Thoreau, Slavery, and Resistance to Civil Government, p.548.

選擇就是自動下臺，否則根本不應存在。麻州軍隊進行追捕與保護
這群失職的法院，也是奴隸主的同路人。

　　梭羅已明示對「蓄奴、懦弱與北方之缺乏原則」感到不耐了，
並且直接表達「我所想的就是謀殺這個州，且被迫地陰謀推翻這個
政府。」[69]在這時一個溫柔革命的梭羅已經不見，取而代之的是一
個愈見激烈與暴力不服從的主張者。

七、約翰布朗：梭羅等待的果陀

　　梭羅捨田野回歸社會，全心要求者乃即刻的廢除奴隸，他一八
四八年發表公民不服從，提倡和平抗爭手段，鼓動麻州州民拒絕配
合政府法令，讓法律形同具文，但這個和平的主張到一八五九年，
當約翰布朗被南方絞刑處死，梭羅鼓吹暴力不服從（violent
disobedience）後，實已形同俱往。約翰布朗在南方起事失敗與梭
羅事後的推崇與煽動，使南北互信的表面假象也難以維持。

　　約翰布朗（1800-1859），聲名大噪於一八五五年「堪薩斯喋
血」。他原居俄亥俄州，自稱受到上帝的召喚與任命，賦解放美國
黑奴之使命，乃攜其六子移民堪薩斯，加入反奴行列。當一八五四
年，解奴人士所自立的政府所在地勞倫斯被聯邦政府與蓄奴人士的
優勢軍力掃蕩，全面潰散後，約翰·布朗轉而採取恐怖暗殺蓄奴人
士的血腥行動，在 Pottawatomie 大屠殺，布朗甚至曝屍街市，進行
恐嚇蓄奴者之心理戰，約翰布朗成了廢奴主義最極端行動人士，待
一八五九年十月，約翰布朗企圖進行更震撼的計畫，他打算侵入南

---

[69] Thoreau, Henry David, "Slavery in Massachusetts", American Literature, 5th
edition, Vol. I, Ed. Nina Bayum, New York: W.W. Norton & Company, 1995,
p.1953.

方,直接解放黑奴。約翰布朗選擇了維吉尼亞州的哈波渡口,奪取槍械,但因隨眾僅十八人,馬上被維州部隊包圍,原先預估黑奴揭竿而起的響應也沒出現;最後,兵敗被俘,被維州法院以叛亂罪,處以絞刑。約翰布朗的侵入南方,無異坐實了南方長久以來最害怕的憂懼——北方遲早會陰謀煽動南方黑奴暴亂舉事。

　　梭羅是在一八五七年,當布朗來到康考特,由布朗在地友人山朋(Franklin Sanborn)介紹而結識,而山朋是愛默生當地所辦學校的老師。一八五九年三月,布朗再度造訪康考特從事演說與募款,梭羅雖因布朗沒有說明募款目的而困擾,但仍捐贈少許。梭羅最後與布朗的接觸是同年五月,布朗三度造訪康考特,這次布朗暗示他打算行動解放最多的黑奴。約翰布朗的形象,僅管血腥恐怖又帶有怪力亂神的號召,不但是南方,連多數的北方百姓對他激進的暴力行為,亦不以為然譴責。但約翰‧布朗失敗被捕入獄,梭羅是第一個站出來公開替布朗辯護。布朗遇害當下,梭羅親自撞響教堂的大鐘,希望大家到公共大廳聽他演說,基於南北互信已瀕臨崩盤邊緣,連當時解奴最力的共和黨與廢奴黨尚且以悼念布朗時機還不成熟,避免挑動南北敏感神經為由,欲加勸阻,但梭羅堅持:「我有話要說,但我將不徵求你的同意!」梭羅極高的推崇約翰布朗完全是自發性的反奴,他軍事知識得自幼時隨父販賣牛群予軍隊而通曉,但卻更痛恨戰爭暴力,他受教育不多,僅以常識及個人良知為斷,不受權威與法律束縛;是一位有原則、思想,充滿智慧與勇氣的完美典範化身,梭羅認為布朗是他文學生活實驗與政治理想理論的應驗者,對梭羅而言,約翰‧布朗是他期待已久的果陀,「其偉大超過艾默森,尤其,是一位超越主義者。」[70]。約翰布朗的即知

---

[70] Thoreau, Henry David, "A Plea for John Brown ",The Higher Law: Thoreau on Civil Disobedience and Reform, edited Wendell Glick, N.J. Princeton

即行，是取得梭羅讚賞的最大原因。梭羅認為最說服他的就是布朗「高貴與甜美的本質」的自白：

> 我之所以行動是我憐憫他們（黑奴）之受壓迫與無助，而非出自滿足個人仇恨、報復心之驅使。[71]

梭羅以為「真正的英雄不是敢與政府的敵人對抗，而是直接敢與不行仁義且違反個人良知的政府為敵……正直與勇敢之士從來就不是屬於多數，而真正之領導人物常是受靈魂的感召，當然不是由投票的多數中產生。」[72]，因此梭羅以「他的運動」（his cause）來稱呼約翰布朗的解奴行為，梭羅將布朗的絞刑殉道並列於耶穌之受難於十字架視同人類歷史長鍊之兩端，以「光耀天使」稱之約翰布朗，認為他超越了自然，賦予自身永恆的地位，雖死猶生：[73]

> 當約翰布朗受絞刑消息傳來時，我不知那意味著什麼，我也並不感到悲傷，在我周遭同人中，似乎只有約翰·布朗是不死帶有生命者。現在，我再也不聞稱布朗之名者，我再也不見勇氣與熱血之士者，這兩種人，我所能連想者，只有約翰

University Press, 2004, p.115.

[71] Thoreau, Henry David, "A Plea for John Brown ",The Higher Law: Thoreau on Civil Disobedience and Reform, edited Wendell Glick, N.J. Princeton University Press, 2004, p.138.

[72] Thoreau, Henry David, "A Plea for John Brown ",The Higher Law: Thoreau on Civil Disobedience and Reform, edited Wendell Glick, N.J. Princeton University Press, 2004, p.135.

[73] Thoreau, Henry David, "A Plea for John Brown ",The Higher Law: Thoreau on Civil Disobedience and Reform, edited Wendell Glick, N.J. Princeton University Press, 2004, p.137.

布朗。他已不朽，雖死更勝猶生，他如最亮之明燈，無處不
在，照耀整個大地。[74]

　　至於約翰布朗充滿血腥、恐怖的殺戮行為，梭羅是全力解脫，
歸諸於媒體對約翰布朗的冷血妖魔化，因為「一般大眾不會接受
一個失敗又失去生命的人為英雄的代表。所以，只能說約翰布朗
沒有殺死更多的奴隸主人、聯邦軍隊，犧牲更多的正義之士，最
終自己還能存活下來。」[75]，梭羅顯已失望一再呼籲之「和平革
命」已根本不能鼓動風潮，蔚為形勢，梭羅決心以「暴力路線」
的猛藥取代：

　　約翰‧布朗認為只要是為了解救黑奴，任何人就得有絕對的
　　權力以暴力相待奴隸主。我完全同意這一點。對那些持續驚
　　訝於奴隸還存在的人，他們現在應該去驚訝奴隸主的暴力死
　　亡。與其既不開槍又不採行動解放奴隸的慈善相比，我寧可
　　選擇約翰‧布朗式的慈善方式。

梭羅更赤裸的暴力告白：

　　我不希望殺人與被殺，但我可以預料未來這兩種情勢，已無
　　法避免。我們每天所謂的「和平」日子，根本是委曲求全下，
　　以微不足道的暴力換來的，政府的員警暴力，手銬、監獄與

---

[74] Thoreau, Henry David, "The Last Days of John Brown ",The Higher Law: Thoreau on Civil Disobedience and Reform, edited Wendell Glick, N.J. : Princeton University Press, 2004, pp.152-153.

[75] Thoreau, Henry David, "The Last Days of John Brown ",The Higher Law: Thoreau on Civil Disobedience and Reform, edited Wendell Glick, N.J. : Princeton University Press, 2004, p.149.

絞刑台隨侍在側，我知道大眾的想法是，步槍只能合法的使
用在當國家抵禦外侮、射殺印第安人或追補逃奴時候。但就
我而言，只要是從事正義的運動，那行使武器的決定，完全
操持在所擁有者之手。[76]

持平而論，梭羅挑選形象太過恐怖與血腥的布朗作自己政治理
想的代言人，的確予人有「病急亂投醫」的遺憾。而這樣的選擇，
應出於梭羅他「自我教化」實驗中，期待「法爾瑪」式個人出現的
焦慮感，而這種驗證的等待焦慮，也絕對與當時人物都把他看作一
個怪物或愛默生的二流弟子極盡嘲諷，如文人 James R. Lowell 與
Robert L. Stevenson 譏評梭羅的實驗是「病態的自覺」，而益加急
切。最後，則是梭羅對自身行動力之不足感到自卑，他自承「總之，
除非一個人真的是有所啟發，否則一生只光說、光寫不練，是不太
正常的。」[77]，誠如海曼評論：「就政治鬥士言，梭羅的滑稽與渺
小，不足以登臺亮相，但以政治的作家論，梭羅是美國最具響亮與
意義的議論者」。

約翰布朗的行動加上梭羅的打開天窗說亮話，南北長期累積的
地域、經濟、政治與族群的對立，終於到了攤牌時刻。一八六一年
因反奴成立的共和黨獲得大選勝利，南方蓄奴州紛紛宣佈獨立，林
肯總統以「一個國家不可能是一半自由，一半奴隸」，南北終需一

---

[76] Thoreau, Henry David, "The Last Days of John Brown ",The Higher Law: Thoreau on Civil Disobedience and Reform, edited Wendell Glick, N.J. : Princeton University Press, 2004, pp.132-133.

[77] Thoreau, Henry David, "The Last Days of John Brown ",The Higher Law: Thoreau on Civil Disobedience and Reform, edited Wendell Glick, N.J. : Princeton University Press, 2004, p.133.

戰。隔年梭羅病逝，雖然他不及親看到他一生爭取人身與人心最自
由心願終底完成的勝利。

八、結論

　　梭羅以文人理想——每個人都可成天使及少數優越的概念看
待政治，他以文人單純眼光置個人良知與道德作政治之「最高法
律」，即使多數的民意也必須甘居其下，提供了最洶湧的活水給日
後民主的理想思潮。而他「惡法不守，和平革命」的非暴力方式，
更給日後的政治不服從策略提供了創意及效率的手段，印度甘地深
受梭羅的影響，以集體入獄「不抵抗」方式，結束英國殖民統治。
二十世紀，馬丁・路德・金恩也獲得啟發，採取「靜坐」抗爭，全
面癱瘓了南方白人的隔離政策，美國民權運動的思想得到了新生。
六〇年代末期，美國青年拒絕徵召入伍的遊行示威、佔據校園的「反
戰」運動，統統變成理直氣壯的公民社會運動。即以現代眼光看待，
梭羅全心投入自然，提出在快速變遷社會中，個人最佳適應之道就
是讓身體、物質上的需求愈簡單愈好的極簡生活風格，無異是流行
當今「樂活與慢活」之生活美學與環保生態人士[78]所倡「極簡主義」
之先驅。而這又與來自文學最純潔的因果悸動有關。

　　僅管梭羅簡約生活中反文明的論調或政治理想的城鄉自治精
神，充滿著復古的概念，對他不食人間煙火或愛唱高調的譏諷，亦
從不間斷；即以政治的檢驗而言，梭羅的言論也充滿著牴觸，海曼

---

[78] Edward Nickens , "Walden Warning", National Wildlife, October / November,
2007, pp.35-41.由於1854年梭羅對Walden湖畔周遭生態鉅細的敘述，2007
年，麻州一群生態學家根據書中所描述的環境重建下，比照今非昔比差異，
看出全球暖化對Concord動植物群原生態的衝激程度。

就以「癡癲的改革者」(nut reformer)[79]形容梭羅思緒的善變,與不斷的適應他所遇見的社會。然愛默生對梭羅一生的變——由文學的自我教化到政治的廢奴行動,從一個孤隱詩人到激烈的政治鬥士,有非常精闢的論定:「梭羅在人世中扮演的正是說出事實的人,他是一位為每日而活的人,今天他給你一個新的意見,明天可能給你的是革命性的思想。」

　　其實,梭羅終身以一「孤鳥」姿態,不過是在人類文明發展的道路上,時時提醒我們維持一件很簡單,卻很容意忽略遺忘的事情,就是永遠要保有赤字之心的理想,而這理想就是個人的良知、良能的追求。愛默生以「長生樹」(其樹生於懸壁,善攀登者往往不顧危險,採摘該樹而死。)為喻,形容梭羅一生就在追求這一可望而不可及之永恆的純潔,他短暫的一生,窮盡了人世的內容,梭羅的靈魂是為這一高尚純真的社會而生;一切知識、美德與美好之處,就是他畢生探索之歸宿。如果說潘朵拉意外為人類留下的是希望,梭羅刻意者則是個人理想,一股止於「至善」的理想吧!

---

[79] Stanley E. Hyman, "Henry Thoreau in Our Time", in Walden and Civil Disobedience: Authoritative Texts Background Reviews and Essays in Criticism, Edited by Owen Thomas (W.W. Norton & Company: New York), p.315.

第二篇

文學生活

　　一八四五至一八四七年，美國詩人亨利大衛梭羅（Henry D. Thoreau）擇居華爾騰（Walden）湖畔，展開他為期兩年兩個月，醉心超越主義文學，與自然交遊，追求個人身、心、靈之實驗。《湖濱散記》——這部文學中有生活，生活中有文學之作，直覺上，常予人是避世於桃花源的消極之作，但其實翻開扉頁，在恬靜生活的外表下，梭羅將之反映到了他對美國資本化後，社會貧富不均與人心不古的不平，梭羅字裡行間的改變與求新的急切之情，躍然而出；這般孤鳥式且獨處自然「簡約生活」的心靈運動，看似靜默，但內容中，梭羅呼籲人民反傳統、反社會，反不義之政府，卻隱藏著最大變的動力。

　　梭羅最具思想之啟發者，乃在湖濱生活中，兩年兩個月的沉思與自然的交遊所感，也主宰日後梭羅作品思想上的基調。

　　一八四五年三月，梭羅終於付諸行動，在朋友協助下，擇愛默生華爾騰（Walden）湖邊所擁有的一塊地，建好他的小木屋後，特別挑選在七月四日——美國獨立宣言的紀念日，作為他實驗的首日，象徵他建立個人烏托邦或「一人布魯克農場」（one-man Brook Farm）[1]之生活渴。在兩年又兩個月的生活當中，是梭羅樂活、慢活於華爾騰湖的一段清靜無為中，找回個人生命本質及目標之心靈革命。

---

[1]　布魯克農場是 1841 年，在麻薩諸塞州，所進行另一類超越主義的烏托邦式的集體社區實驗，社區農民通過共用的工作量，有充裕的時間用於休閒和知識的追求。Brook farm was founded by former Unitarian minister George Ripley and his wife Sophia Ripley at the Ellis Farm in West Roxbury , Massachusetts in 1841 and was inspired in part by the ideals of Transcendentalism , a religious and cultural philosophy based in New England . Brook Farmers believed that by sharing the workload, ample time would be available for leisure activities and intellectual pursuits.

一、自我

（一）

I went to the woods because I wish to live deliberately, to front only the essential facts of life, and see if I could not learn what it had to teach, and not, when I came to die, discover that I had not lived. I wanted to live deep and suck out all the marrow of life, to live sturdily and to put to rout all that was not life……For most men, it appears to me, are in a strange uncertainty about it, ……, and have somewhat hastily concluded that it is the chief end of man here to "glorify God and enjoy him forever".

我走入森林，是因為我希望能從容認真地生活，找尋生命基本的真理，而不願在生命到達終點時，才發現沒有真正生活過，我希望活出生命的深度與真髓，至於與生命無關或相關之瑣碎則盡皆捨棄，物質只需滿足身體所必須最基本需求，對我而言，大部分人對生命還是懵懂的，他們似乎倉促地就下了結論，人生就是要榮耀上帝及享受他的恩典。

梭羅思想根源來自超越主義，這是一結合歐洲浪漫思想及美國自然山林，強調個人精神境界的突破，是可藉由個人與自然進行一種形而上的交感會合達到，刻劃出梭羅追求個人自主，同時，反抗權威，突破傳統，不因循舊俗的激進性格，體現所謂美國人民理想與道德感優越性的獨特主義（exceptionalism）。這般孤鳥式且獨處自然「簡約生活」的返璞歸真，認為個人應回歸自然，由自然重新找回人性的真善美。

（二）

Slavery and servility have produced no sweet-scented flower annually, for they have no real life: they are merely a decaying and death.

Slavery in Massachusetts

奴隸與奴性是開不出甜美香氣的花朵，因為她們都沒有真實的生命，她們不過分別是枯萎與死亡。

《馬薩諸塞州的奴隸制度》

這是註解梭羅一生之奮鬥目標者——解放人之奴性與當時之奴隸制度，最好說明。

（三）

If I am not I, who will be？

Journal, August 9, 1841

如果我不是我，我又是誰？

日記，一八四一年八月九日

這短而有力的佳句呈現梭羅之中心思想——個人主義；此句與笛卡兒開啟人本思想之「我思，故我在」，都有著一語中的的功力。

（四）

I was not born to be forced. I will breathe after my fashion.

Civil Disobedience

我非生而受迫，我按我的格調生活。

《公民不服從論》

梭羅一貫主張就是顛覆傳統、挑戰權威；獨立思考，做你自己。

（五）

You conquer fate by thought.

Journal, May 6, 1858

思想可以征服命運。

日記，一八五八年五月六日

獨立思考才能選擇自己的未來。

（六）

Men have become the tools of their tools.

Walden

人已變成了他們手中工具的工具了。

《湖濱散記》

梭羅指出人反常被自己的文明所駕馭，物役而不知。

（七）

All changes is a miracle to contemplate; but it is a miracle which is taking place every instant.

Walden

所有的改變都預期著一個奇蹟，但此奇蹟是可在每一刻發生的。

《湖濱散記》

梭羅一生亦非絕對堅持「遙不可及」的追求，他只是執著「改變才有奇蹟」的信念，梭羅也非完全反文明舒適之便利，只要不役於物用即可。

（八）

Public opinion is a weak tyrant compared with our own private opinion.

Walden

與個人的意見較，人言有如懦弱的暴君。

《湖濱散記》

梭羅取法自我是「祖宗不足法，人言不足畏。」

（九）

One generation abandons the enterprise of another like stranded vessels.

Walden

一代拋棄前代之事業，當如拋棄擱淺的船隻一般。

《湖濱散記》

梭羅思想皆充滿積極號召人心，不法世俗，勇敢選擇自己生命之激勵。

（十）

Thought of different dates will not cohere.

Journal, February 8, 1851

不同時期的思想會不一致。

日記，一八五一年二月八日

梭羅認為，個人應不停探索生命的豐富性，所以這般的不一致，是必然會有的歷程。愛默生對梭羅的「變」有言「梭羅是一位為每日而活的人，今天他給你一個新的意見，明天可能給你的是革命性的思想。」

（十一）

My thoughts have left no tracks, and I cannot find the path again.

Walden

我的思想不留路跡，我也找不到回頭的路徑。

《湖濱散記》

梭羅既講求個人主義，反抗傳統，自然不願為後人立下框架，即使自己也不想沉溺於過去的窠臼。

（十二）

I left the woods for as good a reason as I went there. Perhaps it seemed to me that I had several more lives to live, and could not spare any more time for that one. It is remarkable how easily and insensibly we fall into a particular route, and make a beaten track for ourselves. I had not lived there a week before my feet wore a path from my door to the pond-side; it is still quite distinct.I fear that others may have fallen into it. The surface of the earth is soft and impressible by the feet of men; and so with the paths which the mind travels.

Walden

我決定結束湖濱森林日子的理由，一如我當初開始它的原因。因為我 有更多的生命空間有待經歷，而時間卻苦短；人是多麼容易與快速地就耽溺在既定成俗的道路；我更不願

固步自封，作繭自縛於窠臼之中，好比從我門前到湖邊的小
徑，不到一周的踏行，路徑就清楚可見，一如傳統與制度的
深入，我實不願後代世人因循著舊路。

《湖濱散記》

梭羅既號召解放傳統制度束縛，回歸完全的個人自由與良知，
邏輯上，梭羅企圖在湖邊為後世立下生活的規範，豈不自我牴觸，
故以自己踏踩出的門前小徑譬喻不願為後人重蹈自己生活試驗之
「覆轍」。加上梭羅拒絕繼續沉溺、固執在自己的窠臼之中。生命
中還有太多待開發的空間有待漫遊，這個探索的衝動，梭羅自急迫
走出只侷限在林木之間的文學心靈國度。這也是為何貝克曼
（Martin Bickman）定位湖濱生活，乃梭羅人生旅程的「中繼站」。

二、獨處

這是梭羅湖濱生活中，形而上的精神部分。

一八四二年的演說中，愛默生（R. Emerson）為超越主義思想
定義：「超越主義者主張心靈聯想，相信奇蹟、啟發與極度喜悅
（mental ecstasy）。」，在自然與人類的發展關係中，愛默生主張與
「自然通靈」（communion with the natural world）。《自然》（Nature）
一文中，愛默生以當個人置身於自然世界，赤足林木田野，隨風雨
脈動呼吸，最能明心見性，艾氏篤信「自然是人類五官的延伸。」，
尤其當個人與自然合一之時，則可達到人類最大精神力量，也就是
所謂「超靈」（oversoul）。

相較愛默生，梭羅有更大的自信於美國的優越性與本土文學
的獨立即來自「美國有著最天然與巨大、原始的山林自然，如植

物、蔬果之於野獸，美洲則有如舊大陸人心的新生之地。」梭羅對自然的瘋狂迷戀與自認尚未完全退化的原始野性，使他回歸到極簡的生活，擺脫文明與世俗誘惑，自然則幻化有機與靈犀，而可溝通與交感的關鍵就在──獨處，最能傳遞梭羅享受與自然合而為一的極度喜悅。

（一）

I have a room all to myself; it is nature.

Journal, September 1, 1853

我有一個自己的專屬空間──就是自然。

日記，一八五三年九月一日

梭羅的極簡生活，就是與自然的獨處。

（二）

I have a real genius for staying at home.

Letter to Daniel Ricketson, April 7,1841

我有待在家中的天賦。

致 Daniel Ricketson 信，一八四一年四月七日

梭羅是古之宅男。

(三)

It would be better if there were but one inhabitant to a square mile.

Walden

一平方英里分配一位居民是最好的方式。

《湖濱散記》

這是梭羅單獨之空間標準。

(四)

I have never felt lonesome, or in the least oppressed by a sense of solitude, but once, I doubted if the near neighborhood of man was not essential to a serene and healthy life.

Walden

我從不感寂寞,獨處對我無絲毫壓迫之感;但有一次,我真的懷疑一個寧靜與健康的生活是連一個近鄰都是不必要的。

《湖濱散記》

這是梭羅單獨之人數標準。

(五)

The community has no bribe that will tempt a wise man.

Life without Principle

社區沒有任何可引誘智者之好處。

《沒有原則的生活》

（六）

I love Nature partly because she is not man, but a retreat from man. None of his institutions control or pervade her. If this world were all man, I could not stretch myself, I should lose all hope. He is constraint, she is freedom to me.

Journal, January 3, 1853

我愛自然，部分是因他不屬人世，且是避離人世者，人群的制度完全不得介入控制。如果這個世界盡屬人世，我將不得伸展，失去所有希望。他是壓抑的，自然給我自由。

日記，一八五三年一月三日

　　理論上，梭羅認為自然與社會是對立的，個人與社會之間存在著相互否定的發展關係，認為社群是阻礙個人精神生活，接觸愈多，則受外務干擾愈多，一旦慾望滋生，則失去單純自然的本性。

（七）

Society is commonly too cheap. We meet at meals three times a day. We have had to agree on a certain set of rules, called etiquette and politeness, to make the frequent meeting tolerable, and that we need not come to open war. We live thick and are in each other's way , and stumble over one another, and I think that we thus lose some respect for one another.

Walden

社會普遍是膚淺的。我們因為必須不斷在飲宴、社交場合中相聚，只好訂下一些禮儀或禮貌的規範，好弄得這些經常的聚會可以讓大家忍受，不致公開戰爭。結果是我們生活變得擁擠、妨礙與充滿阻塞，反而失去了彼此的尊重。

《湖濱散記》

梭羅也是反人際社交的，社會建立的體制規範都是違反自然，壓抑人性的發展。

（八）

I have a great deal of company in my house; especially in the morning, when nobody calls.

Walden

屋內，我有一群的陪伴，尤其是在沒人拜訪的早晨。

《湖濱散記》

梭羅在自然的居家中，顯然人類來訪不是他重視的期望。

（九）

A man has not seen a thing who has not felt it.

Journal, February 23, 1860

沒有感覺的事物雖視而不見。

日記，一八六〇年二月二十三日

（十）

There is one let better than any help and that is – Let alone.

Journal, Feb. 16, 1851

有一件事勝過任何幫助就是──單獨。

日記，一八五一年二月十六日

（十一）

I have an immense appetite for solitude, like an infant for sleep .

Journal, Feb. 16, 1851

我對單獨之巨大渴望，有如嬰兒之於睡眠。

日記，一八五一年二月十六日

梭羅自比精神上的嬰孩，以單獨哺育。

（十二）

I thrive best on solitude. If I have had a companion only one day in a week, I find that the value of the week to me has been seriously affected.

Journal, Feb. 16, 1851

我茁壯於孤獨之中。如果一週之中有一天，我有接觸一位同伴，我發現將深深影響那整週的價值。

日記，一八五一年二月十六日

（十三）

I find it wholesome to be alone the greater part of the time. To be in company, even with the best, is soon wearisome and dissipating. I love to be alone. I never found the company that was so companionable as solitude. We are for the most part more lonely when we go abroad among men than when we stay in our chambers.

Walden

我發現獨處是生活時光中最美好與完整的時刻。就算與最宜同好相伴，很快即感消磨與浪擲。我喜歡單獨，我發現最好的伴侶竟是獨處。大多時間，我們發現側身人群中，卻比獨處室內更加寂寞。

《湖濱散記》

德不孤者，必有鄰或「靈」！

（十四）

God is alone, but the devil, he is far from being alone; he sees a great deal of company; he is legion.

Walden

上帝是單獨的，然而，撒旦排拒單獨，他喜愛陪伴，他是群聚的。

《湖濱散記》

君子愛獨處，小人閒居為不善。

三、工作

十九世紀中，美國舉國上下，埋首資本主義，汲汲向「錢」看的時候，梭羅就能逆向思考到快意人生是「取得少，才富足；不求取，才滿足。」，及早指出在人生天平之中，休憩不是罪惡，甚至更勝工作的現代概念；而最有價的投資就是「活在當下，作你自己」，其所回饋心靈自由之報酬——無價；梭羅已宛如現代之生活精算大師。

即以現代眼光看待，梭羅全心投入自然，提出在快速變遷社會中，個人最佳適之道就是讓身體、物質上的需求愈簡單愈好的「簡約生活」風格，亦無異是流行當今「樂活與慢活」之生活美學與「極簡主義」之先驅。

（一）

Simplicity, Simplicity, Simplicity ! Let your affairs be as two or three, and not a hundred or a thousand. Simplify, Simplify, Simplify! Instead of three meals a day, if it be necessary eat but one.

Walden

簡化，簡化，簡化！讓你的事務兩、三件就好，不要一百或一千。簡單，簡單，簡單！必要一天一餐即可，不必三餐。

《湖濱散記》

　　梭羅感觸當時美國人民道德墮落，肇端「越多越好」的生活觀，因此，他簡約生活採取逆向思考之「不是我們能拿多少？而是我們如何以最少渡日？我們取之愈少，則愈滿足。」

（二）

Wealth, no less than knowledge, is power. Among the Bedouins the richest man is the Sheik, and in England and America he is the merchant prince.

Journal , January 25, 1841

財富，更勝知識，即權力。貝都因人財富最大者為親王。在英國及美國則是商業鉅子。

日記，一八四一年一月二十五日。

　　美國當時是以商立國，實行重商主義（mercantilism）。

（三）

My greatest skill has been to want but little.

Journal, July 19, 1851

我最偉大的能力就是要的不多。

日記，一八五一年七月十九日

（四）

To maintain one's self on this earth is not a hardship but a pastime, if we live simply and wisely.

Walden

維持個人在地球上之自足，不是困苦反而是一娛樂，只要我們活得簡單、活得智慧。

《湖濱散記》

梭羅證明他可以每年工作六周，以換得一整年簡約的生活所需，其餘的三百天他得到了閒暇和獨立以自由地閱讀、思考、寫作與林中漫步。

（五）

It is not necessary that a man should earn his living by the sweat of his brow, unless he sweats easier than I do.

Walden

一個人不必從眉毛滴下汗水，贏取衣食，除非他比我還容易流汗。

《湖濱散記》

梭羅依靠耕作收成和以為是最好的個人工作——「短工（day labor）」，追求簡約的田園生活，所以梭羅並非無業不事生產。

（六）

The necessaries of life for man may be Food, Shelter, Clothing, and Fuel.

Walden

人的生活必需，除食物、遮蔽、衣褲與薪柴外，餘皆長物。

《湖濱散記》

梭羅以此為最低的維生標準，並以「自願的貧窮(voluntary poverty」稱之。他在湖濱，僅花了二十九元購買木料，與朋友親手搭建了一間小木屋，與一年八塊多的食物費用，而得以改變一週的順序是第七天是人類勞動的日子，在這一天以額上的汗水賺取生活所需：其餘六天則作為感性和靈性的安息日，漫遊在廣袤的花園裡，啜飲大自然溫柔的感化和崇高的啟示。

（七）

Cold and hunger seem more friendly to my nature than those methods which men have adopted and advised to ward them off.

Life Without Principle

與他人所採取、建議避免冷凍與饑餓之法，飢、凍似乎更友好於我的性情。

《沒有原則的生活》

（八）

If a man walk in the woods for love of them half of each day, he is in danger of being regarded as a loafer; but if he spends his whole day as a speculator, shearing off those woods and making earth bald , he is esteemed in industrious and enterprising citizen.

Life Without Principle

如果一個人因喜愛自然而進入森林，待上半天，那他有被人視作懶漢的危機；但他如果以投機的身份，待上一天，砍伐林木，開疆拓土，他將被敬重為勤奮具企業心的市民。

《沒有原則的生活》

當時人心中，工作謀利才是主流價值；親近自然的修身養性，梭羅警告是要付出「不事生產」的譏笑代價。

（九）

The world is a place of business. It is nothing but work, work, work.

Life Without Principle

現在世界已被商業佔據一切地位了。不過就是工作、工作、
工作。

《沒有原則的生活》

梭羅抨擊美國深陷物質文化與消費文明，人的目標就是忙碌於
賺錢。

Even if we grant that the American has freed himself from a
political tyrant, he is still the slave of an economical and moral
tyrant.

Life Without Principle

即使美國人民雖已取得政治上自由，仍淪為經濟與道德暴君
的奴隸。

《沒有原則的生活》

梭羅在創造「經濟的奴隸」時，似乎忘了他最痛恨政治上的奴
隸制度還繼續存在於美國。

（十）

If the laborer gets no more than the wages which his employer
pays him, he is cheated, he cheats himself.

Life Without Principle

勞力只是換取薪水，是被欺亦自欺。

《沒有原則的生活》

　　梭羅認為個人最壞的投資就是以自己的勞力和時間換取一定金錢。

<h2 style="text-align:center">（十一）</h2>

All great enterprise are self-supporting.

Life Without Principle

偉大的事業是具有自我支援的特質。

《沒有原則的生活》

梭羅舉例詩人以詩為業，則不慮生命無以為繼。

<h2 style="text-align:center">（十二）</h2>

Nothing remarkable was ever accomplished in a prosaic mood.

Cape Cod

在消極心態下，是不可能有傑出的作為。

《鱈魚角》

既要付出勞力則必是所愛；熱情投入，則不以為煩為苦悶。

<h2 style="text-align:center">（十三）</h2>

You must get living by loving.

Life Without Principle

生活必須擇其所愛。

《沒有原則的生活》

切忌為工作而工作，這是最廉價的浪費生命。

四、休閒

（一）

Actually the laboring man has not leisure for a true integrity day by day. He has no time to be anything but a machine.

Walden

事實上，勞力者是沒有閒暇追求真實的品格，他所有時間，只能把自己當成機器。

《湖濱散記》

人生活的完整與均衡，不是只有工作，也要有休閒，認識自己。

（二）

Haste makes waste, no less in life than in housekeeping.

Journal , December 28, 1852

欲速則不達，不只是在家事上，也發生在生活上。

日記，一八五二年十二月二十八日

當今「樂活與慢活」之生活美學先驅。

（三）

I think that I cannot preserve my health and spirits, unless I spent four hours a day at least sauntering through the woods and over the hills and fields, free from worldly engagements.

Walking

除非每天我花至少四小時，遠離俗事，在森林、山谷與田野漫遊，否則不足以維護我身心之健全。

《散步》

在自然中散步與自然如唔為友，啟發智慧，是梭羅最重要的工作也是娛樂。

（四）

He enjoys true leisure-who has time to improve his soul's estate.

Journal, February 11, 1840

享受真正的閒暇是有時間改善他的靈魂資產。

日記，一八四〇年二月十一日

梭羅的的閒暇也是淨化心靈的工作。

（五）

A broad margin of leisure is as beautiful in a man's life as in a book.

Journal, December 28, 1852

一個寬廣之周邊對書與一個人的生命都是一樣美麗。

日記，一八五二年十二月二十八日

（六）

I have spent many an hour, floating over its surface as the * zephyr willed, having paddled my boat to the middle, in a summer forenoon, dreaming awake, until I was aroused by the boat touching the sand...... Many a forenoon have I stolen away, preferring to spend the most valued part of the day; for I was rich, if not in money.

Walden

* zephyr: The mild west wind

常在午後，我划船至湖心，如夢似醒，倘佯湖中，任船隨風浮盪，直至漂抵岸頭，我寧可就這樣將一天最寶貴的時光如此消磨，不以金錢衡量，我是富有的。

《湖濱散記》

（七）

Grow wild according to thy nature. Let the thunder rumble; what if it threaten ruin to farmer's corp? Take shelter under the cloud, while they flee to cart and sheds. Let not to get a living be thy trade, but thy sport.

Walden

讓作物依自然，野生成長；即任雷聲作響，能威脅農夫的收成？當別人跑向馬車或遮棚，我在白雲下求蔭；不靠買賣求生，而以運動。

《湖濱散記》

這是梭羅追求田園之樂的樂天與豪邁。

（八）

Do not trouble yourself much to get new things, whether clothes or friends. Turn the old; return to them.

Walden

你不需費心去找新的東西，不管是新衣或是新朋友。找舊的，重拾舊物。

《湖濱散記》

梭羅的極簡主義所凍結者不只是物質上的擴張，也包括社交；不求取者，最富裕；不忮求者，最滿足。

五、鄰居

　　梭羅在他湖濱獨居的簡約生活實驗與政治解奴的奮鬥當中，常言者諄諄，聽者渺渺之對象者，正是他這群麻州康考特的清教徒鄰居，梭羅對他們因循麻木與知之不為，常是不假辭色的憤斥。書中，他最有代表性的一對照組的鄰居，就是向命運低頭的 John Field 與勇於選擇自己生活的 John Farmer（是梭羅虛設幻想）。

　　梭羅亦用鄰居以表達他理想國意義，人民與政府的關係應有如鄰居，相互尊重卻又保持獨立隱私。

（一）

The greater part of what my neighbors call good I believe in my soul to be bad, and if I repent of anything it is very likely to be my good behavior.

Walden

　　我相信大部分鄰居稱頌之事對我的靈魂都是無益的，如果我有所懺悔的事，那就是街坊鄰居對我「善行」的讚美。

《湖濱散記》

(二)

For sympathy with my neighbors I might about as well live in China. They are to me barbarians, with their committee works and gregariousness.

Journal, October 29, 1855

為同情我的鄰居，我真不如住在中國。他們對工作的承諾與合群，對我而言，無異於野蠻人。

日記，一八五五年十月二十九日

(三)

I wish my neighbors were wilder.

Journal, 185

我希望我的鄰居能更野性。

日記，一八五一年

(四)

I please myself with imagining a State at last which can afford to be just to all men, and to treat the individual with respect as a neighbor, ...if a few men were to live aloof from it, not meddling with it, nor embraced by it, who fulfilled all the duties of neighbors and fellowmen.

Civil Disobedience

我常自娛幻想國家能對所有人民公平，並如同對待鄰居般尊
重，且能容忍人民對國家之疏離、不願介入或不受其擁抱，
只要他盡了鄰居與同胞的義務。

《公民不服從論》

六、食物

梭羅是一位素食者，不飲茶與咖啡，他不吃肉，索性後來連華
爾騰湖的釣魚也不吃，只吃小麵包與馬鈴薯，飲湖水，每年維生的
花費僅八塊美金，過著一簞食，一瓢飲「顏回之樂」的日子。

（一）

A man may use as simple a diet as animals, and yet retain
health and strength.

Walden

人可以像野獸一樣以簡單的食用，維持健康與體力。

《湖濱散記》

在《野果》一文，梭羅曾為找回體驗人類最原始的本性，有回
復到食草的欲望。

（二）

It was fit that I should live on rice , mainly, who loved so well
the philosophy of India.

Walden

對一位深愛印度哲學人言，我以米為生，也許較為適合。

《湖濱散記》

種米之繁重，恐非梭羅能想像。

（三）

As for salt, to obtain this might be a fit occasion for a visit to the seashore, or, if I did without it altogether, I should probably drink the less water.

Walden

有關鹽，要取得它得時常造訪海邊，或是我完全不加食用，我只要少喝點水。

《湖濱散記》

（四）

A little bread or a few potatoes would have done as well, with less trouble and filth.

Walden

一片小麵包與一些馬鈴薯就夠了，簡單且乾淨。

《湖濱散記》

（五）

The practical objection to animal food in my case was its uncleanness; I had rarely for many years used animal food, or tea, or coffee.

Walden

我對動物肉的不食，是因為其不潔。我已多年不吃肉，不飲茶與咖啡。

《湖濱散記》

（六）

I believed that water is the only drink for a wise man .

我相信水是智者惟一的飲料。

七、自由與奴隸

（一）

It is hard to have a Southern overseer; it is worse to have a Northern one; but worst of all when you are yourself the slave-driver.

Journal 1845-1847

有一個南方的奴隸管理員是痛苦的；但北方也有，則益壞，
然最壞莫過以自身為奴的驅使。

　　　　　　　　　　　日記，一八四五～一八四七

奴性較奴隸更駭人心!

（二）

Men talk of freedom! How many are free to think? Free from
fear, from perturbation, from prejudice? Nine hundred and
ninety-nine in a thousand are perfect slaves.

Journal, February 16, 1851

人愛討論自由，但又有多少人能自由地思考？免於恐懼，免
於不安，免於偏見？一千人中九百九十九位是奴隸。

　　　　　　　　　　　日記，一八五一年二月十六日

不能獨立思考，因循守舊，一樣是奴。

（三）

What we want is not mainly to colonize Nebraska with free
men, but to colonize Massachusetts with free men- to be free
ourselves. It is not the soil that we would make free, but men.

Journal, June 18, 1851

我們並不主要以自由人殖民內布拉斯加，而是要殖以麻薩諸塞州自由人——我們都是自由人。我們不是要土地自由而是人民自由。

日記，一八五一年六月十八日

內布拉斯加是新拓領地，成了南北蓄奴與反奴人士的角力場，然梭羅痛心是自由之州的麻州人心卻依然奴性。

（四）

Talk about slavery! It is not the peculiar institution of the South. It exists wherever men are bought and sold, wherever a man allows himself to be made a mere thing or a tool, and surrender his inalienable rights of reason and conscience.

Journal, December 4, 1850

談談奴隸吧！它不是南方專有的體制。它存在任何有人口買賣之地與一個人自甘為工具、器具，放棄自己不可讓渡的理性與良知。

日記，一八五〇年十二月四日

八、野性、印地安人與詩

梭羅作品中，野性（wild, savage）、印地安人（Indians）與詩（poet, poetry）是常一起出現的字群。我們發現梭羅作品有著極濃厚之東方味，就是梭羅那種與自然交遊、與世無爭的意境與中國道家之天地合一，萬物與我共生之無為哲學是頗為類似，但就作品敘

述上看，卻不見梭羅引用或論述道家的章句，梭羅反是極大得道於印地安人與自然完全共生方式的羨慕啟發。

梭羅在一八四七年離開華爾騰湖畔森林，這般的天人探索，梭羅依然繼續著；特別是在第三次的緬因森林的 The Allegash and East Branch 之旅，十一天與印地安人 Penobscots 部落的接觸，可說是他「二次湖濱散記」的延續，而不同是 Walden 湖畔以抽象自然為伴及個人為主，他此般則是以接觸具體的印地安人作風俗、葬禮、語言觀察等，梭羅認為印地安人理想、反文化、原始、天真的性情，無異是活在他所追求的自我教化生活之下，已是完全融入自然狀態下的野人，愛默生是以「神性」（divine）形容，在梭羅簡約生活中，則是起先夾雜使用，之後，在《湖濱散記》，尤其是《散步》一文則以常見「野人」（savage）與「野性」（wild）替代表達。梭羅臨終時，最後所說就是：「麋鹿」與「印地安」兩個字，可見緬因之旅是他回歸天地的最後懷念。

（一）

The best poets exhibit only a tame and civil side of nature- they have not seen the west side of any mountain. Day and night- mountain and wood are visible from the wildness-they have their primeval aspects-sterner savager-than any poet has sung. It is only the white man's poetry- we want the Indian's report.

Journal, August 18, 1841

最好的詩人只能展示自然馴化與教養的一面，他們從沒看過西部的高山。日夜可見的山林原始——嚴屬的野人，已超過

任何詩人所歌頌。現今的詩是白人的詩，我們要的是印地安
的報導。

日記，一八四一年八月十八日

「野人」（savage）與「野性」（wild），這兩字在梭羅意義中是
毫無「白種人」定義的「野蠻、沒教育、不衛生」 負面意思，梭
羅以 savage 拉丁文原意者，乃指森林之意，因此，森林之人
（woodsperson）即是野人，在梭羅心中就是「自然人」之意。

（二）

What a tame life we are living—how little heroic it is.

Journal, January 29, 1840

我們活在一個馴服之生活──幾無英雄事蹟可道也。

日記，一八四〇年一月二十九日

馴服者乃傳統、制度及教條，已讓社會失去活力。

（三）

Manners are conscious; character is unconscious.

Journal, Feb. 16, 1851

禮貌是有意識的，個性則是自發的。

日記，一八五一年二月十六日

人要率乎個性而非禮數。

（四）

Life consists with wildness. The most alive is the wildest.

Walking

生活與野性是一樣的。最野性者也最富生命力。

《散步》

原始生命就是野性，文化已使其消磨殆盡。生命力應該找回這種野性與原生命力。

（五）

What we call wildness is a civilization other than our own.

Journal, February 16, 1859

我們所謂野外者，是有異我們現今的另一個文明。

日記，一八五九年二月十六日

梭羅的另一個文明，即指自然，有別於資本文明下的社會。

（六）

Poetry can breathe in the scholar's atmosphere. I think if it would not be a shorter way to a complete volume-to step at one into the field or wood, with a very low reverence to students and librarians.

Journal, December 30, 1841

詩是無法在學院氣息中呼吸。我認為如果有一個寫作的捷
徑，就是進入林野，而非圖書館或學校。

日記，一八四一年十二月三十日

一八四一年，梭羅前往麻州劍橋（Cambridge），發現詩是無法
在學院與圖書館中產生生命的，梭羅以為作詩之捷徑應該是直接回
歸田野與森林之中。

（七）

Most poems, like the fruits, are sweetest toward the blossom
end.

Journal, December 30, 1841

大部的詩，有如花朵結束後，最甜美之水果。

日記，一八四一年十二月三十日

（八）

I have made a shore excursion into the new world which the
Indian dwells in. It is worth the while to detect new faculties in
man –he is so much the more divine. The Indian who can find
his way so wonderfully in the woods possesses so much
intelligence which the white man does not. I rejoice to find that
intelligence flows in other channels than I knew.

Letter to H. G. O. Blake, August 28, 1857

　　我在做了印地安生活地區的短暫遊歷後。我發現了印地安人
更具神性。與白人在自然林野中相較，印地安人在林中的來
去自如，充滿著智慧的靈性。我喜悅的發現這般智慧流露在
我所未知的其他管道中。

　　　　　　致 H. G. O. Blake 信，一八五七年八月二十八日

　　梭羅以印地安人是與「自然」最貼近的野人，印地安人對自然
的尊重與共生的和諧，其實已在過著他的烏托邦精神生活。

（九）

The civilized man is a more experienced and wiser savages.

Walden

真正的文明人不過就是更有經驗與智慧之野人。

《湖濱散記》

　　梭羅舉帳篷（wigwam）為例，推崇印地安人處理生活物質需
求上，簡單卻實用的智慧。

（十）

Good poetry seems to simple and natural a thing than when we
meet it . Poetry is nothing but healthy speech. The best lines
perhaps only suggest to me that that man simply saw or heard
or felt, what seems the commonest fact in my experience.

Journal, December 30, 1841

一個好的詩，當我們遇見時，必須是簡單而且自然的。詩不過是健康的演說。好的詩句就我所見是人一般所見、所聞、所感，似乎是我個人經驗中最普通的事實。

日記，一八四一年十二月三十日

這有如梭羅所說每一個人一生都應有一部書作，就是寫出自己最真實且刻骨銘心的見聞，這就是最好的作品。

（十一）

All good things are free and wild.

Walking

所有好的事物都是野性與自由的。

《散步》

梭羅的自由有兩種──自然是野性的，社會則是群眾文化（civil culture）的自由。

（十二）

Our ancestors are savages. The story of Romulus and Remus being suckled by a wolf is not a meaningless fable. The founders of every State which has risen to eminence have drawn their nourishment and vigor from a similar wild source.

Walking

我們的祖先是野人。相傳羅馬人始祖羅慕洛斯與雷慕斯是由
野狼餵養，不是無稽神話。每個國家的祖先取得的養食與活
力的來源都是來自野生。

《散步》

梭羅的生活哲學有點像開車，雖然往前行，但不時回顧後方。
自然的單純與原始，有時是最好的心靈法則。

（十三）

If we would indeed reform mankind by truly Indian, botanic, or
natural means, let us strive first to be as simple and well as
nature ourselves.

Reform and the Reformers

如果我們確實要以印地安人、植物或自然的手段改革人類，
首先讓我們努力讓自己既簡單又自然。

《改革與改革者》

梭羅的「簡約生活」就是簡單的物慾及印地安人與自然共生共
榮的精神生活。

第三篇

梭羅的務實觀

　　梭羅一直是國人最感親切之外國作家，主要是他最廣為人知的代表作《湖濱散記》充滿濃厚的中國風，有著「採菊東籬下」的悠然與「帝力於我何有哉！」的無為境界，但細觀，梭羅一生亦非絕對堅持「遙不可及」的追求，梭羅也有「務實、彈性及合群」的一面，是我們一直忽略的。

　　雖然理論上，梭羅在湖濱生活是有計畫的去建構一個封鎖的個人環境，但心境上，還是有隨時回歸社會，不願隔絕於世的念頭，柯勒奇（Joseph Wood Krutch）在《發現的天堂》（Paradise Found）認為整個梭羅的湖濱自然的實驗生活，其實只是一個「姿態」的象徵性宣示；美國當時工業文明程度，住在城市的隔絕度，當不亞於避入鄉間；真正的情形是在二年二個月的日子中，梭羅並沒大隱於世，不但是「結廬在人境，常聞車馬喧」，居所與城市中心相距不遠，只距一英里半；木屋相近鐵路，梭羅就常沿著鐵軌漫步到城中拜訪朋友，聽聽鎮民的閒聊，有時甚至逗留至深夜，再從夜色漆黑中穿林返屋，而這段湖濱的日子，屋中亦是座上客常滿，常有二、三十人來訪，竟是他一生社交最頻繁的時候。梭羅也會加入湖邊釣客寒暄，除熟識者外，梭羅與陌生者，如採果莓的孩子、學生、釣客、獵人、農夫、趕集的商人或旅遊者都時有接觸與對話，他與社會仍保持密切聯繫，

　　他拒繳人頭稅入獄，就是在前往鎮上取回修補的鞋子時被拘補，甚至不斷公開演講、遊歷以接觸群眾。畢竟，人類是群居的動物，梭羅自不例外此一天性。

一、實用主義

（一）

It (This book) is to solve some of the problems of life, not theoretically, but practically.

Walden

這本書是要實際的不是理論的解決一些生活的問題。

《湖濱散記》

可見梭羅有逐夢踏實的理性與務實。

（二）

As I preferred freedom.., I did not wish to spend my time in earning rich carpet, or other fine furniture, or a house……If there are any to whom it is no interruption to acquire these things, and know how to use them when acquired, I relinquish to them the pursuit.

Walden

雖然我偏好自由，我不想花時間賺有地毯、傢俱或屋子。但如果有人求取這些物品，也知道如何善用，我自可贊同追求。

《湖濱散記》

　　梭羅坦言他所珍視者乃自由，如能善用美食與華屋而不礙自
由，人類的發明與工業之便利當然比較好，自然也可追求。

（三）

Though we might live in a cave or a wigwam or wear skins to-day, it certainly is better to accept the advantages, which the invention and industry of mankind offer. With a little more wit we might use these materials so as to became richer than the richest now are, and make our civilization a blessing.

Walden

雖然今日我們仍然可以住在洞穴、帳篷或衣獸皮，但人類的
發明與工業所提供更好之便利當然要接受，只要我們多用一
點智慧，善用文明的物資材料，我們可以比富人更富裕，使
文明成為真正之福祉。

《湖濱散記》

　　梭羅態度也絕非食古不化，完全之反文明，只要不役於物用
即可。

（四）

If we live in the nineteenth century, why should we not enjoy the advantages which the nineteenth century offers ?

Walden

既然生在十九世紀，為什麼不好好善用十九世紀文明提供的
優勢？

《湖濱散記》

（五）

It costs me less in every sense to incur the penalty of
disobedience to the State, than it would to obey. I should feel as
if I were worth less in that case.

Civil Disobedience

不服從政府的處罰，對生活簡單，一窮二白的我而言，我卻
付擔的起，因為我不守法的成本永遠低於守法。

《公民不服從論》

這種務實的性格亦展現在梭羅行銷他簡樸的生活論調的彈
性，從前期曲高和寡、恨鐵不成鋼之疾言厲色，到後段，梭羅轉而
採取生動、易解之投資報酬律的說理轉變。

二、合群

（一）

I feel that with regard to Nature I live a sort of border life and
my patriotism and allegiance to the State into whose territories
I seem to retreat are those of a *moss-trooper.

Walking

* Marauder of the border country between England and Scotland.

有關自然，我感覺我現在過著是一個邊界生活，也就是出於忠誠與愛國，我有如英格蘭與蘇格蘭邊界上來往的掠奪者。

《散步》

一九五一年，他發表《散步》一文，提出「邊界生活」，比喻過著來往於自然與現實社會的生活，這顯現了梭羅認知到「簡約生活」的陳義過高與務實的反應；也承認了自然與文明世界難以區隔的限制。

（二）

I had three chairs in my house; one for solitude, two for friendship, three for society.

Walden

我房內只有三張椅子：一張是獨處用，第二張是為朋友，最後則是社交用。

《湖濱散記》

由此可見梭羅的湖濱獨處日子中，還是有社交生活的。

（三）

I had more visitors while I lived in the woods than at any other period of my life.

Walden

我在林中的訪客多過一生任何其他時刻。

《湖濱散記》

在〈Former Inhabitants〉一章中，梭羅甚至有定期朋友來訪，高談闊論，往來無白丁。

（四）

I think that I love society as much as most, and am ready to fasten myself like a bloodsucker for the time to any full-blooded man that comes in my way. I am naturally no hermit.

Walden

我愛社會一如大多數人一樣，我有如吸血者般，遇上氣色紅潤的訪客就隨時準備緊咬著他不放。我天生就不是個隱士。

《湖濱散記》

畢竟，人類是群居的動物，梭羅自不例外此一天性。

（五）

Every day or two I strolled to the village to hear some of the gossip which is incessantly going on there, circulating from mouth to mouth, or fro, newspaper to newspaper.

Walden

每一、兩天，我會漫步到村裏，聽聽報紙流傳的八卦耳語。

《湖濱散記》

（六）

For many years I was self-appointed inspector of snow storm, surveyor, I looked after the wild stock of the town. I have watered the red huckleberry till it became more and more evident that my townsmen would not after all admit me into the list of town officers, nor a moderate allowance. Finding that my fellow-citizens were not likely to offer me any room in the court house, or a curacy or a living, I turned my face more exclusively than ever to the woods, where I was better known.

多年來，我自願擔任風雪的警戒員、測量員、照料鎮上野生樹木與澆水紅日越莓，直到越來越明白鎮上的人還是不願將我編制公所人員，也不付零用津貼，鎮民也不予我教堂或副牧師與固定薪水，我毅然轉入更瞭解我的森林。

　　梭羅書中無意識透露出他選擇重返自然的生活實驗，並非完全出自「高尚」的動機，不過是埋怨儘管他如何認真與無私的為鎮上工作，也得不到任何回饋下，才逼使他產生另求生活，回到森林的念頭，最能看出梭羅凡人性格。

三、社會公平

　　梭羅自凡塵俗世中回歸自然，一般以為，梭羅希望者乃人與人間之富而好禮，但隱藏於梭羅的底層心念者，卻是美國社會貧富差距越烈，弱勢族群日益嚴重的問題。梭羅坦言湖濱散記一書，即在幫助美國社會越文明，人卻越窮的「文明的貧窮人」（civilized poor），如何取得最滿足的生存之道，反射出梭羅對當時社會達爾文弱肉強食制度下的一股無奈與憤怒的抗議。

（一）

Perhaps these pages are more particularly addressed to poor students.

Walden

如果每位作家應以他最切身經驗，而非人云亦云，寫出一部有意義的作品；那我這本書就是為窮人而作。

《湖濱散記》

（二）

An average house in this neighborhood costs perhaps eight hundred dollars , and to lay up this sum will take ten to fifteen years of the labor's life.

Walden

康考特社區，平均一棟房子價格在八百美元，而這是一名勞工必需工作十至十五年的勞力所得。

《湖濱散記》

美國社會已有「屋奴」現象。

（三）

The luxury of one class is counterbalanced by the indigence of another. On the one side is the palace, on the other side is almshouse and "silent poor".

Walden

有些人的奢侈品是必需靠另外一些人的貧窮去平均維持。一邊是華屋，另一邊則是陋室與「沉默的貧困者」。

《湖濱散記》

仔細探討梭羅進行湖濱生活實驗的最大一個促因，就是社會貧富差距擴大的現象，文明愈發達，一般平民卻愈加貧窮。

（四）

If a state is governed by the principles of reason, poverty and misery are subjects of shame; if a State is not governed by the principles of reason, riches and honors are the subjects of shame.

Civil Disobedience

邦有道，貧且賤焉，恥也。邦無道，富且貴焉，恥也。

《公民不服從論》

梭羅為直接引用《論語・泰伯篇》，透露他對社會公平正義與底層民眾生存的關心，可見梭羅是帶有社會主義思想的改革者。

（五）

I had no lock nor bolt but for my desk......I never fasten my door day and night and I never missed any thing but one volume of Homer. I am convinced that if all men were to live as simply as I did, thieving and robbery would be unknown. These take place only in communities where some have got more than is sufficient while others have not enough.

Walden

我的書桌既不上鎖也不栓，我日夜也從不鎖門，除了一卷荷馬詩集外，我也沒有掉過任何東西。我確信只要大家如我生活簡單，則人們將不知偷盜為何物，因為這只生於貧富不均的社區。

《湖濱散記》

梭羅烏托邦之景況如出孔子禮運篇之大同世界，在湖濱散記的《村莊》篇，描述他拒絕繳稅被監禁獄中一夜獲釋後，重返他湖邊理想國度，梭羅相信只要大家如他生活簡約以道德為行，則不知搶劫是何物，因為犯罪生於貧富不均的社區，而他在湖濱生活，日夜不閉戶，路不拾遺，「天下為公」，無任何不便。

四、梭羅與孔子

梭羅一直是讓中國人感到是最親切的外國文學家，就是他意境與表像上充滿濃厚的中國風，梭羅之與儒家近者，而非道家思想者，除作品上的考證，最主要就是梭羅畢竟是抱著入世情懷的本質看待人生，湖濱的簡約生活論調是梭羅改革人心的實驗，而非「老死不相往來」的出世逃避。與孔夫子所謂「學而優則仕」又有「邦有道則現，無道則隱」的灑脫，梭羅最終仍走回社會，從事政治改革，是必然的註定。梭羅對孔子的景仰之情，不只顯示在他對「四書」的熟讀，更表現在梭羅經常引用、附和孔子儒家說法，發揮在他文學及政治上的理想主張的一致性。

依筆者見，梭羅思想與行為之受孔子學說影響啟發者，可以《論語·述而》篇，「子志於道，據於德，依於仁，遊於藝。」為識，彰顯兩者在「道，德，仁，藝」的共通性，茲列舉梭羅作品《湖濱散記》、《公民不服從論》中具體借取十一句孔子言行之說，顯現梭羅中國風的政治與精神生活改革想法上者：

（一）道

梭羅首先認同孔子思想者就是「追求真理」，而引用孔子論語《為政》篇之章句：

> 知之為知之，不知為不知，是知也。

（Walden: 1773）

雖然，孔子之教誨對象者乃士，梭羅則是以平民；對梭羅言，崇尚真理是獨立思考的目的，而思考才能突破傳統，決定自己的命運。

既以道為志，梭羅的「簡約生活」之道與孔夫子的「安貧樂道」是完全相似認同。梭羅想必閱讀到論語，散見各篇之「士志於道，不恥惡衣惡食」（《里仁篇》）、「飯疏食，飲水，曲肱而枕之，不義富且貴，於我如浮雲」（《述而篇》）、「君子謀道不謀食，憂道不憂貧。」（《衛靈公篇》）與「一簞食，一瓢飲，在陋巷。」（《雍也篇》），兩者旨趣一致的章句等。為表達此「志」（梭羅以 thought 翻譯）之重要，一切個人外物皆可不惜，梭羅引用《論語‧子罕》篇之章句：

> 三軍可奪帥也，鄙夫不可奪志也。

（Walden: 1940）

其中，梭羅極為欣賞，一語中的道出簡約生活的真諦者——生活只管求真求善，不落俗套。可見他引用《憲問》篇，蘧伯玉的使者與孔子的一段對話，當孔子寒暄問候：「夫子何為？」，蘧使將多餘繁文縟節加以免俗，直接回以：「蘧大夫每日只想減少過失，而不能也。」原文如下：

　　　蘧伯玉使人於孔子，孔子與之坐而問焉。曰：「夫子何為？」
　　對曰：「夫子欲寡其過，而未能也。」使者出。子曰：「使乎！
　　使乎！」

（Walden: 1818）

　　另以抽象的道而言，孔子本身也是「自然」生活之信徒，除孔
子生活上「不時，不食。」的習慣外，而同篇之章句──子曰：「予
欲無言！」子貢曰：「子如不言，則小子何述焉？」子曰：「天何言
哉？四時行焉，百物生焉，天何言哉？」，表達了孔夫子，萬物生
息，隨四時默默運行，人必遵守其道的「天時」觀。梭羅在對自然
讚賞的《散步》文中，指出最偉大的哲學家東方的孔子與西方之荷
馬，都是在自然中孕育而出的。（Walking: 1967）而梭羅對儒家此
一天地（鬼神）之道無形，無所不在的力量，卻是萬物之主體，使
人尊嚴敬畏，也借鏡《中庸》第十六章：

　　　子曰：「鬼神之為德，其盛矣乎！視之而弗見，聽之而弗聞，
　　體物而不可遺。使天下之人，齊明盛服，以承祭祀，洋洋乎
　　如在其上，如在其左右。」

（Walden: 1839）

（二）德

　　梭羅與孔子是完全的道德主義者，兩人從事者，皆感慨社會人
心退化之道德改革運動，孔子《述而》篇表達有：「德之不修，學
之不講，聞義不能徙，是吾憂也。」與「吾未見好德，如好色者也。」。
梭羅亦坦率說道：「我們的生活必須是全然的道德，善與惡之間是

沒有停戰。」（Walden: 1882），在《最高法則》文中，梭羅以人性中有兩種本能的對立：一是純潔的天性，另一則是仍存的獸性，而人類肉食就是獸性的表徵，梭羅之所以是素食者，就是以肉食之不潔，推而廣之，一切物質上的歡樂、舒適和享受都是獸性下慾念（passion）的一部分，必需去除，不然只是有如希臘神話中縱於酒色「半神半獸」的酒神 Dionysus，這與儒家雖主性善，但人獸仍只有一線之隔，故仍需時時去惡向善，堅守天性中之仁義道德一致，梭羅引用《孟子‧離婁下》篇：

> 人之異於禽獸者幾希，庶民去之，君子存之。

　　梭羅所進行超越主義之文學實驗者乃找回個人良知之清明本性，這與儒家人性本善看法一致，而所以人不知操持而失其良知，是因受外界影響，而誤以人性本惡也，而引用《孟子‧告子》篇：

> 雖存乎人者，豈無仁義之心哉？旦旦而伐之，可以為美乎？其日夜之所息，平旦之氣，則其旦晝之所為，有梏亡之矣。梏之反覆，則其夜氣不足以存；夜氣不足以存，則其違禽獸不遠矣。人見其禽獸也，而以為未嘗有才焉者，是豈人之情也哉？

（Walden: 1933）

　　而儒家道德重在修身，修身則在正心，正心則在自新。這些方式使梭羅大加欣賞而引以為說者，有《大學‧新民》篇之：

> 湯之盤銘曰：苟日新，日日新，又日新。

（Walden: 1815）

及《正心修身》篇：

> 心不在焉：視而不見，聽而不聞，食而不知其味，此謂「修
> 身在正其心」
>
> （Walden: 1882）

另外，孔夫子「慎獨」的概念也啟發梭羅在他《獨處》篇，認
為當人找回道德良知本性時，萬物將與之親近，永不孤獨，梭羅引
用《公冶長》篇：

> 德不孤，必有鄰。
>
> （Walden: 1839）

（三）仁

仁乃愛眾人之心，所謂「仁民愛物」也。而仔細探討梭羅進
行湖濱生活實驗的最大一個促因，就是社會貧富差距擴大的現
象，文明愈發達，一般平民卻愈加貧窮，譬如梭羅指出當時麻州
「平均一棟房子價格在八百美元，而這是一名勞工必需工作十至
十五年的勞力所得。」（Walden: 1783）。湖濱散記開宗明義的第一
頁，梭羅就寫道：「如果每位作家應以他最切身經驗，而非人云亦
云，寫出一部有意義的作品；那我這本書就是為窮人而作。」，直
接透露他對社會公平正義與底層民眾生存的關心。梭羅為此引用
《論語・泰伯篇》：

> 邦有道，貧且賤焉，恥也。邦無道，富且貴焉，恥也。
>
> （Civil Disobedience:1761）

可見梭羅是帶有社會主義思想的改革者。而梭羅以個人作政治最高依據，亦相近儒家「民為貴，社稷次之，君為輕。」觀念，而梭羅對其政治理想國的景象，其景況如出孔子禮運篇之大同世界，描述在湖濱散記的《村莊》篇，是他拒絕繳稅被監禁獄中一夜被釋放後，重返他「天下為公」的湖邊森林理想國度的敘述，梭羅相信只要大家如他生活簡約以道德為行，則不知搶劫是何物，因為犯罪生於貧富不均的社區，而他在湖濱生活，日夜不閉戶，路不拾遺，將木屋所有書籍、食物開放眾人使用，人與人信任，因為大家都有道德之心，而諸法皆空矣！梭羅為此引用《論語‧顏淵篇》：

> 季康子問政於孔子曰：「如殺無道，以就有道，何如？」孔子對曰：「子為政，何用殺，子欲善，而民善矣！君子之德風，小人之德草，草上之風必偃。」

（Walden: 1859）

（四）藝

梭羅一貫主張是輕工作，重視休閒（leisure）之「自我教化」，他可以每年工作六週，換得三百多天閒暇和獨立，自由地閱讀、思考、寫作與林中漫步。孔子在休閒時刻的外貌形容有《述而篇》：「子之燕居，申申如，夭夭如也。」，子曰：「小人閒居為不善。」可見孔子一樣警覺休閒對人格的影響。《雍也篇》有「仁者樂山，智者樂水。」表達君子與山水自然的關聯；而孔子「詩者，多識鳥、獸、草、木之名」，梭羅想必更心有戚戚焉。

　　梭羅與孔子也都是音樂的愛好者，孔子學齊韶樂的恆心，可
至三月不知肉味。孔子對一個人完美性情之養成是以「興於詩，
立於禮，成於樂。」，惟與孔子對樂的「六藝」教科化，梭羅雖常
吹笛於林中，但側重於心中的聯想，將樂聲化成自然的天籟，作
為人與自然通靈「成性」的傳媒，如法爾瑪是聽或幻化到森林中
的笛聲，或斯伯汀家庭（Spaulding family），在風聲輕拂，萬物無
聲之時，「只有五月的蜜蜂環繞蜂巢聲，我卻有最甜美想像音樂哼
唱的聯想，那是思想的聲音」（Walden: 1974），而果敢選擇了不同
的人生。

第四篇

哲學人生

　　梭羅一生找尋者，不外是個人內心精神與物質世界的平衡；其次，梭羅也提醒人與自然一體的概念，人非自然惟一的中心。時至今日，當個人永恆的精神生活的探討已不是哲學的話題，而成常識；人類學習與自然的和平共存，也就是人與自然的和諧，更是迫在眉睫的共識，但人類追求圓滿與自然平衡生命時，依然時時纏繞著迷思與誘惑，似乎是不解的魔咒。這也是為何充滿著返璞歸真及強調勇於不同，個人至上的梭羅人生哲學，不但讓人一讀再讀，其前瞻性的智慧，還能與時俱進，永不褪色。

一、生命與死亡

（一）

Our life should be so active and progressive as to be a journey.

Journal, July 14, 1852

　　我們的生命應該是一趟積極與進取的旅程。

日記，一八五二年七月十四日

可見梭羅絕非消極避世之人。

（二）

The Life is not for complaint, but for satisfaction.

Letter to Daniel Ricketson, November 4, 1860

　　生命不是用來抱怨；而是滿足的。

致 Daniel Ricketson 信，一八六〇年十一月四日

知足常樂，知不足常怨。

(三)

The mass of men lead lives of quiet desperation. What is called resignation is confirmed desperation

Walden

群眾過著是絕望的生活，而導致者乃人性之順從。

《湖濱散記》

　梭羅就地取材以 Walden 湖，多年來就只用深不可測的傳說，限制了個人去發掘真相的行動，甚至還誇張到湖底可通至地表另一端；而梭羅不過以釣線懸以石塊，即輕易觸底，測得湖水 107 呎深，諷喻人性「從眾」與認命的惰性。

(四)

The evil is not merely a stagnation of blood, but a stagnation of spirit.

Plea for Captain John Brown

人心之惡魔不只是熱血的沉悶，也是精神的停滯。

《為約翰布朗上校請命》

(五)

We should come home from far, from adventures, and perils, and discoveries every day, with new experience and character.

Walden

我們應自遙遠、歷險與危難中，帶著新的經驗與個性返家，發現每一日的不同。

《湖濱散記》

梭羅反對一成不變的生活，人生應與自然之下的萬物一樣多變。

（六）

I would not do again what I have done once.

Thoreau

我不重複我已經做過的事。

梭羅

梭羅有段時間在他父親的鉛筆廠工作，一度因改良製作鉛筆方式取得專利，有所成就之時，梭羅卻以生命何必浪費於重複。從此，專心於文學、遊歷與社會改革運動。

（七）

The youth gets together his materials to build a bridge to the moon, or perchance a palace ortemple on the earth, and at length the middle-aged man concludes to build a woodshed with them.

Journal, July 14,1852

年青者會集結他手中的物質搭建一座通往月球的橋樑或地上的宮殿；中年者則最終決定用它們建一柴房。

日記，一八五二年七月十四日

　　梭羅終身以一「孤鳥」姿態，不過是在人類文明發展的道路上，時時提醒我們維持一件很簡單，卻很容意忽略遺忘的事情，就是永遠要保有赤字之心的理想。

（八）

The millions are awake enough for physical labor; only one in a million is awake enough for effective intellectual exertion, only one in a hundred million to a poetic or divine life. To be awake is to be alive. I have never yet met a man who was quite awake.

Walden

　　數百萬人保持清醒是為勞力，百萬之一才是清醒以勞心智，億中取一才有真正詩與神聖的生命。清醒才有生命。我至今未見有人是完全清醒的。

《湖濱散記》

　　不論是簡約精神生活與力主廢奴，梭羅終其在世都是孤軍奮鬥，對人心麻木及其不公不義，總是言者諄諄，而群眾渺渺。

（九）

It seems as if no man had ever died in America before; for in order to die you must first have lived. I hear a good deal pretend that they are going to die; or that they have died. Nonsense ! I'll defy them to do it. They haven't got life enough in them. If this man's act and words do not create a revival, it will be the severest possible satire on the acts and words that do.

Plea for Captain John Brown

美國似乎還沒有人真正死過，因為有死之前，必先有生。我聽到很多人假裝求死或自認已死。無聊之至，我會阻止他們如此。因為他們還沒有生活到如此之地步。一人的言行如無法雖死猶生，則死可能是他言行最大的諷刺。

《為約翰布朗上校請命》

梭羅將死亡是看作有如植物四時榮枯循環的延續，而非一走了之的結束。

（十）

As one year pass into another through the medium of winter, so does this our life pass into another through the medium of death.

Journal, September 8, 1851

經由冬天媒介，當一年又復一年的過往；我們生命年年的消逝，也是由死神媒介。

日記，一八五一年九月八日

梭羅感慨歲月之不待，生命的流逝不捨晝夜。

（十一）

I suppose that I have not many months to live; but, of course, I know nothing about it. I may add that I am enjoying existence as much as ever, and regret nothing.

Thoreau's Last Letter to M. B. Benton, March 21, 1862

我猜我沒幾個月可活了；但，當然，我對此一無所知。我要補充的是我很享受在世的一切，無所遺憾。

致 M. B. Benton 的最後一封信，一八六二年三月二十一日

一八一七年，梭羅生於美國麻薩諸塞州人文薈萃的康考特，終生未娶，疏離人群，平時沒有固定事業，常為當代人士識為怪誕，但個性其實外冷內熱，除在劍橋就讀哈佛大學的日子外，幾乎以康考特為生活中心，直到一八六二年，他四十四歲過世，用俗常的標準來看，可以說困頓以終。

二、真理

（一）

Rather than love, than money, than fame, give me truth.

Walden

給我真理，其餘愛情、名、利免談。

《湖濱散記》

愛默生即盛讚梭羅是真理的代言人（speaker of truth）與天生的反抗者。

（二）

We select granite for the underpinning of our houses and barns; we build fences of stones; but we do not ourselves rest on an underpinning of granite truth, the lowest primitive rock.

Life Without Principle

我們選取花崗石作屋子、農舍的地基；我們以石建籬，但我們卻不以這最原始下層的花崗石般的真理作我們個人的基石。

《沒有原則的生活》

梭羅不論在他湖濱獨居的簡約生活實驗與政治解奴的奮鬥當中，常言者諄諄，聽者渺渺之對象者，正是他這群幾近以神道治國麻州清教徒的鄰居，堅持以不變應萬變的守舊思想，梭羅對他們因循麻木與知之不為，常是不假辭色的憤斥。

（三）

A lawyer's truth is not Truth, but consistency or a consistent expediency.

Civil Disobedience

律師的事實不是真理，言之成理或言之成理的權宜。

《公民不服從論》

律師生時扯謊（lie），直到人生最後躺下（lie）仍要說謊（lie）。

（四）

Let us not underrate the value of a fact; it will one day flower in a truth.

Nature History of Massachusetts

千萬不要低估一件事實的價值，某天他將成為真理。

《馬薩諸塞州的自然史》

（五）

Truth is always paradoxical.

真理總是似非而是的。

真理也須經過時間、人性的考驗。

（六）

You do not get a man's most effective criticism until you provoke him. Severe truth is expressed with some bitterness.

Journal, March 15, 1854

除非你以激怒方式，否則人不會給你最有效的批評挑。真相有時是帶一些苦痛的。

日記，一八五四年三月十五日

良藥苦口，忠言逆耳。

（七）

It is remarkable that among all the preacher's standard of morality is no higher than that of his audience. He studies to conciliate his hearers and never to offend them.

Journal, February 26, 1852

值得注目的是牧師的道德標準不會高過他台下的聽眾。他通曉如何安撫聽眾，不得罪他們。

日記，一八五二年二月二十六日

梭羅將自我教化定義是「私下與個人的事業」（ private and individual enterprise），是疏離社會、個人獨立、重視道德與從自我內省中尋求個人最高精神生活。

（八）

A world in which there is a demand for ice-cream but not for truth!

Journal, August 24, 1852

這個世界對霜淇淋的需求勝過真理。

日記，一八五二年八月二十四日

（九）

All science is a only a makeshift, a means to an end which is never attained.

Journal, August 24, 1852

所有的科學都不過是臨時的替代，是一永遠達不到目的手段。

　　　　　　　　　　日記，一八五二年八月二十四日

梭羅當是反科技，對追求真理之科學精神，是贊成的。

（十）

The greatest and saddest defect is not credulity, but our habitual forgetfulness that our science is ignorance.

Journal, August 24, 1852

我們最大與最悲哀的缺陷，不是輕信，而是我們習慣健忘科學的無知。

　　　　　　　　　　日記，一八五二年八月二十四日

三、智慧

（一）

Men do not fail commonly for want of knowledge, but for want of prudence to give wisdom the preference.

Journal, May 6, 1841

一般人的失敗不是缺少知識，而是缺少給予智慧優先的慎重。

　　　　　　　　　　日記，一八四一年五月六日

知識不比聰明；聰明不如智慧。

（二）

The title wise is , for the most part, falsely applied. How can one be a wiseman, if he does not know any better how to live than other men?

Life Without Principle

智慧這頭銜常被錯誤的引用，一個不懂得比別人更瞭解生活的人，怎稱得上是智慧之人？

《沒有原則的生活》

智慧是展現在讓生活的圓滿。

（三）

When you have most talent you have least genius. The equilibrium is always preserved. When least is done most is adoing.

當你有最多的才華，就有最少的天賦。平衡總是這樣維持。物消就有物長。

（四）

A man is wise with the wisdom of his time only, and ignorant with its ignorance. Observe how the greatest minds yield in some degree to the superstitions of their age.

Journal, January 31, 1853

一位智者也是以其時代為限，仍有其無知。這只要觀察最偉大的思想所產生的迷信即可知。

　　　　　　　　　日記，一八五三年一月三十一日

迷信有時也會被誤認是智慧。

（五）

The ringing of the church is a much more melodious sound than any that is heard within the church.

Journal, January 31, 1853

　　教堂美妙的鐘聲更勝教堂內的話語聲。

　　　　　　　　　日記，一八五三年一月三十一日

　　崇尚個人至上的梭羅並不決對反基督教，甚至還有某種程度的依賴。臨終，梭羅說他從未與上帝爭吵，何需和解。

四、美德

（一）

Our whole life is startlingly mortal.

Walden

　　我們整個生活都充滿驚人的道德意義。

　　　　　　　　　《湖濱散記》

　　梭羅擇居華爾騰梭羅，展開「自我教化」(self-educated)，即是個人道德自發性之實驗。

（二）

There is never an instant's truce between virtue and vice.

Walden

美德與邪惡無片刻之休戰。

《湖濱散記》

　　在《最高法則》一章中，梭羅以人性中有兩種本能的對立：一是純潔的天性，另一則是仍存的獸性，必須時時去惡向善，堅守天性中之仁義道德。

（三）

I shall never be poor while I can command a still hour in which to take leave of my sin.

Journal, February 14, 1841

我永不貧困，只要我能有一小時支配，告別罪惡。

日記，一八四一年二月十四日

（四）

Goodness is the only investment that never fails.

Walden

善良是惟一永不失敗的投資。

《湖濱散記》

　　道德則是最高之報酬。

（五）

Every man proposes fairly; and does not willfully take the devil for his guide; as our shadows never fall between us and the sun. Go toward the sun and your shadow will fall behind you.

Journal, February 8, 1841

任何人都嚮往光明，無意以魔鬼作導引，有如陰影不介於我們與太陽之間。面向太陽，則陰影在我們背後。

日記，一八四一年二月八日

拋棄陰影的最好方法就是迎向光明。

（六）

In the moral world, when good seed is planted, good fruit is inevitable, and does not depend on our watering and cultivating; that when you plant, or bury, a hero in his field, a crop of heroes is sure to spring up.

Plea for Captain John Brown

在道德天地，撥下善良的種子，善果則是必然，不需我們的澆水與栽培；當撥種埋下一個英雄在你的田地，也一定發芽而出一群英雄的收穫。

《為約翰布朗上校請命》

在道德比喻的四季，由剝而復的成熟與更新的循環中，種子是開端，也是萬物生命的重新。

（七）

There are nine hundred and ninety-nine patrons of virtue to one virtuous man.

Civil Disobedience

支持道德的九百九十九人不比一個真正道德者。

《公民不服從論》

道德常是說的人比做得人多。

五、時間

（一）

The day is an epitome of the year. The night is the winter, the morning and evening are the spring and fall, and the noon is the summer.

Walden

一天可是一年的濃縮。夜晚是冬天；早晨是春；傍晚是秋，而正午是夏。

《湖濱散記》

一砂可為一世界，一日可為一生。

（二）

Every morning was a cheerful invitation to make my life of equal simplicity with Nature itself.

Walden

每一個早晨都是我簡約生活向自然發出的愉快邀請。

《湖濱散記》

一日之計在於晨。

（三）

Cultivate the habit of early rising. It is unwise to keep the head long on a level with the feet.

Journal, June 8, 1850

培養早起的習慣。讓頭與腳保持水平實屬不智。

日記，一八五〇年六月八日

（四）

The morning, which is the most memorable season of the day, is the awakening hour.

Walden

早上是清醒的時刻，也是一天最懷念的季節。

《湖濱散記》

梭羅的早晨是以湖中晨浴開始，有如宗教儀式般。

（五）

If there is nothing new on earth, still there is something new in the heavens. We have always a resource in the skies. They are constantly turning a new page to view.

Journal November 17, 1837

如果地上已無新奇的事物，天空仍有。我們在天上總有不盡資源；他們不停翻開可看的新頁。

日記，一八三七年十一月十七日

梭羅以天體的光，而非時針的刻度，表現不同時間有不同的自己。

（六）

Morning is when I am awake and there is a dawn in me.

Walden

早晨是我清醒的時候，我內心有一黎明。

《湖濱散記》

以黎明開始一日的清明。

（七）

As the twilight deepens and the moonlight is more and more bright, I begin to distinguish myself, who I am and where; and sensible of my own existence.

Journal, August 5, 1851

當幕色加深，月光越亮時，我開始分辯自己是誰，且身在何處，也意識自己的存在。

日記，一八五一年八月五日

夜的到來，是梭羅思想旺盛的時候。

（八）

By moonlight all is simple. We are enabled to erect ourselves , our minds. We are no longer distracted.

Journal, September 22, 1854

月光下一切簡單。我們樹立自己與思想。我們不再迷失。

日記，一八五四年九月二十二日

由日期上看，時近中國中秋，康考特是否也有一個特別圓亮的月，使梭羅當夜有感而發。

六、友誼

　　一八一七年七月十二日，梭羅出生康考特，四位兄姊妹中，排行第三，與兄約翰最為親近，一生疏離人群，常為當代人士識為怪誕。朋友中，愛默生是影響梭羅最巨者，不論在文學傳承、生活扶持到事業開發上，愛默生之於梭羅既是師也是保護者（mentor and protégé）關係，但梭羅一生有著「孤鳥」的個性，最終仍與愛默生個性與雙方文風背道而馳的發展分道揚鑣。

　　梭羅最早與最認真的一段戀情是一九三九年出遊梅里瓦克河與康考特河，與其兄約翰共同愛上十八歲少女西沃爾（Ellen Sewall），梭羅一九四一年向其求婚被拒後，終生未娶，不知是否因愛情的創痛，至少觀其一九四〇至一九四一年期間的日記（Journal），梭羅的友誼與愛情的表達總是交纏互裏，這般隱藏可能是梭羅與其兄同愛一人的複雜情緒有關吧！此時以愛情的角度去解義，當會更近梭羅的含蓄。

（一）

Only the fates intercede between friends.

Journal, February 20, 1840

　　只有命運能調合朋友。

日記，一八四〇年二月二十日

愛情必需命運製作緣分。

（二）

Nothing will reconcile friends but love.

Journal, December 30, 1840

除了愛沒有任何事物可以安撫朋友。

日記，一八四〇年十二月三十日

這裡朋友換成情人更貼事實想像。

（三）

A friend in history looks like some premature soul.

Journal, January 29, 1841

歷史裡朋友看似早熟的靈魂。

日記，一八四一年一月二十九日

我將於茫茫人海中，訪我惟一靈魂之伴侶，得之我幸，不得我命，如此而已！

——徐志摩

（四）

The most I can do for my friend is simply to be his friend. I have no wealth to bestow on him—if he knows that I am happy in loving him—he will want no other reward- Is not Friendship divine in this?

Journal, February 7, 1841

我能為朋友作的一切就是單純的作他的朋友。我沒有可予的財富，如果他知道我快樂地愛著他，他將不會有所求，友誼不就是這樣的神聖嗎？

日記，一八四一年二月七日

這似乎更像愛情的神聖告白！

（五）

I seek a man who will appeal to me when I am in fault- In his intercourse I shall be always a god today who was a man yesterday.

Journal, February 8, 1841

我在找尋一個人當我犯錯時能控訴我，讓我今天比昨天更超凡入聖。

日記，一八四一年二月八日

（六）

Friendship had no ears as love has no eyes—for no word is evidence in its court- The least act fulfills more than all words profess.

Journal, February 11, 1841

友誼之聽而不聞，一如愛情之視而不見——在友誼的審判，
話語不構成證據。最少的行為實踐勝過一切的話語。

日記，一八四一年二月十一日

愛情不更像是盲目與充耳不聞。

七、與愛默生

持平而論，愛默生不一定創造了梭羅，但對不擅社交與性格內
向的梭羅，所給予的器重，卻是他極需的自信，可以說沒有愛默生，
也沒有後來的梭羅。

由一八四六年七月，當梭羅因拒繳稅，而被拘留監獄，愛默生
聞訊來訪，當下問候：「你怎麼會在這裡？」，梭羅卻回以：「你怎
麼不在這裡？」，這段對話，不但對比出梭羅的前衛、激進與愛默
生的傳統與保守，也似乎預告兩人未來的分歧。

一九四九年五月，梭羅抱怨因為接受愛默生建議自費印製《一
週在梅里瓦克河與康考特的日子》（A Week on the Concord and
Merrimack Rivers），結果銷售悽慘，梭羅對負債收場，頗不能釋懷，
在日記中竟以「毒箭」（poisoned arrow）暗示愛默生的背叛。

（一）

I had a friend, I wrote a book, I asked my friend's criticism, I
never got but praise for what was good in it , and so I got at last
the criticism which I wanted.

While my friend was my friend he flattered me, and I never

heard the truth form him , but when he became my enemy he shot it to me on a poisoned arrow.

Journal, May, 1849

我有一位朋友，一次我寫了本書，我要求他的批評，但他只有讚美。最後，我得到了我要的批判。

當他還是我朋友的時候，他只會奉承我，一旦，他變成我的敵人，他有如射向我的毒箭。

日記，一八四九年五月

梭羅幾乎是以背叛的角度看待他與愛默生的如師如友的友誼。

（二）

My friend is one who takes me for what I am. Suspicion creates the stranger and substitutes him for the friend.

Journal, December 23, 1852

朋友是能以真我看待自己，疑心將使朋友變成陌生人。

日記，一八五一年十二月二十三日

（三）

You may buy a servant or slave, but you cannot buy a friend.

Journal, November 28, 1860

你可以買到僕人奴隸但買不到朋友。

日記，一八六〇年十一月二十八日

（四）

It often happens that a man is more humanely related to a cat or dog than to any human being.

Journal, November 28, 1860

常常一個人與貓狗的關係，相較人類，更具人性。

日記，一八六〇年十一月二十八日

第五篇

自然

　　梭羅以自然為發揮的作品如《湖濱散記》、《散步》等，其實歸根究底就是一部號召人心的「重生」之作，這種主題表現方法，梭羅建立在太陽與花木、鳥獸配合四時循環的生、長、榮、枯的譬喻之上。

　　就重感性的梭羅言，自然是人生中最接近夢想與啟發的地方。這透露出梭羅觀察自然界萬物時，感受到她們與人的生命是相連一貫，絕不是各自分立或靜態的個體存在，自然有四時生死枯榮的循環成長，人也有其中生命過程的教化。

　　因此，在自然的四季循環裏，我們習慣性發現梭羅作品中，經常喜好引用自然界特定的萬物，配合四時之演序──出生、成長、衰弱到新生的定律，梭羅常將自然的鳥獸、花木及果實、種子與太陽、聲等，扮演自然之代言人，擔任喚醒人心的力量，這般風格筆調，成了梭羅幾乎所有作品寫作與閱讀上最常遭遇的特色。

一、太陽

　　梭羅不斷以明亮高懸於大地之上的太陽，作為點破迷津與喚醒人心的代表象徵。為此，梭羅刻意以「太陽」安排在《湖濱散記》該書之首尾呼應，貫徹始終。

　　首章的《經濟》篇前頁，指出大部分的人過著機器般的絕望生活，但靈敏而健康的人卻能拋棄成見，選擇不同的生命，有如太陽照耀大地下，萬物有不同的生機，譬喻人類生命本來就應有如自然之獨立、多樣：

> The mass of men lead lives of quiet desperation. Yet they honestly think there is no choice left. But alert and healthy natures remember that the sun rose clear. It is never too late to

give up our prejudices. We might try our lives by a thousand simple tests; as , for instance, that *the same sun* which ripens my beans illumes at once a system of earths like ours......Nature and human life are as various as our several constitutions.

Walden

書末之《結論》篇，梭羅以一美麗之瓢蟲經過多年在枯木中孵化，隱喻人在死板的層層社會制度埋葬下，仍獲得美麗的新生命，而以「太陽在黎明時之曙光」象徵了「新生」（rebirth）的完美結果：

Who knows what beautiful and winged life, whose eggs has been buried for ages under many layers of woodenness in the dead dry life of society, may unexpectedly come forth from to enjoy its perfect summer life at last!

The light which puts out our eyes is darkness to us. Only that day dawns to which we are awake. There is more day to dawn. *The sun* is but a morning star.

Walden

梭羅作品中，太陽另一象徵意義者，則是「覺醒」（awake）與「成熟」（ripe），茲舉在湖濱散記中，梭羅雖感慨當今世人心智的「低下與原始」，喻為「冬眠之蛇」，只待春天來臨之暖陽照射後，自可回復高貴美妙的生命。

I had previously seen the snakes in frosty morning still numb and inflexible, waiting for the sun to thaw them. It appeared to me that man remain in low and primitive condition; but if they should feel the influence of the spring of springs arousing them, they would rise to a higher and more ethereal life.

Walden

　　然太陽在梭羅心目中最重要的角色比喻，還是在個人回歸自然才能找到愛默生強調的神性（divine）或梭羅所謂野性（wildness）的象徵運用，也就是「自然的本質」。梭羅與自然達到天人合一的身心狀態常是與自然獨處之下的心靈聯想出神或忘我（ecstasy）的境界，而太陽的光華現身則是固定的象徵與媒合。湖濱《獨處》一文中，梭羅與自然合一的忘我情境敘述，可見梭羅與萬物我合一在「我個人所有的日、月、星辰的小世界」：

This is a delicious evening, when the whole body is one sense, and imbibes delight through every pore. I go and come with a strange liberty in Nature, a part of herself. I have, as it were, my own *sun and moon and stars*, and a little world all to myself if I were the first and last man.

Walden

　　梭羅與自然的再度神交，也少見的在《散步》一文中，描述了這個「沐浴在金色的洪流聖地上」，更近神話般的「異象」：

We walked in so pure and bright a light, gilding the withered grass and leaves, so softly and serenely bright, I though I had never bathed in such a golden flood, without a ripple and murmur to it……and *the sun* on our backs seemed like a gentle herdsman driving us home at evening.

So we saunter toward the Holy Land, till one day the sun shall shine
more brightly than ever he has done, shall perchance shine into our
minds and hearts, and light our lives with *a great awakening light*,
as warm and serene and golden as on a bank-side in autumn.

Walking

　　發生在十一月，一個灰冷的傍晚，梭羅與友人漫步到溪邊草原時，正逢落日灑下最明亮與柔和的光輝，梭羅走進了這純淨光輝之中，彷彿天境，有如沐浴在金色的洪流之中，打在背上的金光，有如驅趕梭羅返家的牧羊人，梭羅方知已走入「聖地」（Holy Land），太陽所照射者是一道生命之光，穿透心靈與意識，喚醒梭羅的完整生命。

二、聲

　　梭羅個人與自然交流的景象，所有的是光華萬丈的落日餘暉。但這種現象發生，除太陽光輝的天幕外，往往還有心靈聯想下──「自然之聲」的交相出現，也就是太陽與聲或心靈之樂的交織，他作品中有此境遇者，計有約翰法爾瑪（John Farmer）的境遇。九月的傍晚，工人法爾瑪，在勞累工作後的休息時，聽到林中的自然天籟笛聲，彷彿自然之聲，向他建議：「為什麼還要過此勞神無意義之人生，而錯過更榮耀的存在？」，做出勇敢的生活抉擇：

……when he heard some one playing on a flute, and that sound
harmonized with his mood. Still he thinks of his work, but the
notes of the flute came home to his ears out of a different
sphere from that he worked in …… And a voice said to him,

why do you stay here and live this mean moiling life, when a glorious existence is possible for you?

Walden

　　梭羅以約翰法爾瑪的果決與相信自己的感覺，影射人群於生活抉擇的猶豫與怠慢。基本上，這是梭羅心理情境上的虛構，約翰法爾瑪代表著梭羅文學實驗成功的渴望，並是《巴克農莊》約翰費爾德傳統人生的對照，而天籟啟示則是來自梭羅常在林中吹奏的笛聲。這也是梭羅不斷證明自然的有機方式，例如書中曾提到梭羅聽見無弦琴的美妙聲音，但僅有內心純淨的人才能聽見，世上自然沒有無弦琴存在，梭羅所要傳達之意，應該是在傳說背後那份呼籲回歸自然純淨的吶喊。

　　此外，斯伯汀家庭也符合梭羅在「悟道」意境上的敘述條件，一樣是在夕陽西下，落日的光輝照射在斯伯汀家旁有如「聖殿大廳」的松林，沒有工作的喧囂，沒有政治，以樹頂為閣樓，梭羅形容斯伯汀與自然親近至有如松、樺樹身之地衣(lichen)，幾乎讓鎮上居民感受到不到他們的存在，「當風聲輕拂，萬物無聲之時，只剩最甜美想像的音樂哼唱，五月的蜜蜂之蜂巢聲，我卻聯想是他們思想的聲音」：

I took a walk on Spaulding's Farm the other afternoon. I saw the *setting sun* lighting up the opposite side of a stately wood. Its golden rays straggled into the aisles of the wood as into some noble hall. Nothing can equal the serenity of their lives. Their coat of arms is a lichen. I saw it painted on the pines and oaks. There was no noise of labor. Yet I did detect, when the wind lulled and hearing was done away, the finest imaginable sweet music hum-as of a distant hive in May, which perchance was the sound of the their thinking.

Walking

聲——不論是抽象無聲或有聲，都是梭羅最喜用的神秘意境，梭羅以這來自心靈之聲，作為與自然交流的語言；可見自然是可以向人進行有聲的交往，梭羅常用自然的天籟聲媒介個人與自然通靈，甚至他自身也有一個無聲的音樂。

For many years I marched to a music......I was daily intoxicated, and yet no one called me intemperate. With all your science can you tell how it is, and whence it is, that light comes into the soul?

Journal, July 16, 1851

多年來，我朝一種音樂前進，我整日陶醉其中，無法自拔，以科學的角度，你能告訴她是何能如此？她來自何處？她宛若進入靈魂的光輝？

日記，一八五一年七月十六日

無聲，也用以代表個人主義的意識，每一個人的生命都有一個專屬的心靈樂曲，要以直覺的感受跟隨前進：

A man's life should be a stately march to an unheard music; and when to his fellows it may seem irregular and inharmonious, he will be stepping to a livelier measure, which only his nicer ear can detect.

The Service

> 一個人的生命應追隨一個只有他的耳朵可聞的無聲音樂而前
> 進，對其夥伴，也許是不協調與失和，他卻能更輕快踏步行進。
>
> 《服務》

If a man does not keep pace with his companions, perhaps it is because he hears a different drummer. Let him step to the music which he hears, however measured or far away

Walden

> 如果一個人與其同伴有所不同步，也許是因為他聽到不同的
> 鼓手。任他隨樂聲而走，不論衡量，無論多遠。
>
> 《湖濱散記》

梭羅選擇華爾騰湖的淵源，可回溯自五歲時，當時家在波士頓的梭羅與父親回鄉康考特，而首次看到華爾騰湖，與他所聞之「無聲中的有聲」：

……the oriental Asiatic valley of my world,……for a long time make drapery of my dreams. That sweet solitude my spirit seemed so early to require and that speaking silence that my ears might distinguish the significant sounds.

Journal

從此「東方亞洲式的山谷與林中景色常在梭羅夢中徘徊，尤其是她甜美的單獨，與他耳朵所能聞的無聲中的有聲」，是他精神所需。

另外聲音也代表著是趨人向善的美德之聲。梭羅將音樂喻美德之前奏與代表是上帝的聲音：

All things obey music as they obey virtue. It is the herald of
virtue. It is God's voice.

The Service

萬物遵循音樂一如追隨美德。音樂是美德之前導；是上帝
之聲。

《服務》

梭羅以更具體的豎琴之樂代表善：

Goodness is the only investment never fails. In the music of
harp which trembles round the world it is the insisting on this
which thrilling us.

Walden

善是永遠不敗的投資；它有如豎琴音聲震盪全世，堅定激勵
我們。

《湖濱散記》

　　梭羅在《湖濱散記》是把兩年又兩個月的化整為一年，以四季
的循環代表自然的生命過程，四季的遞嬗也暗喻個人心境的轉換及
成熟，一至三月的春寒料峭，經過夏季的生意盎然，轉成秋天的成
熟飽滿，最後邁入冬天的沉寂蘊藉，最後又回到來春的萬象一新。
因此該作品根本上是一「新生」的祭禮，此一部分梭羅充分以種子、
樹葉與果實與四季結合，用種子、樹葉與果實反映個人一樣的生、
榮、枯、再生的過程。作出近乎自然詩般的描述及譬喻，不論結構
或文字造詣都不難看出梭羅清楚明晰的敘述能力。

三、種子

　　在四季由冷至暖，由剝而復的成熟與更新的循環中，種子生命是開端，也是萬物萬象的重新。在梭羅《種子的傳播》（The Dispersion of Seeds）一文中，梭羅在新英格蘭的田野中，藉種子的觀察，傳達了隱藏於自然界的法律——自由與自律，讓大地萬樹更新的「自然機制」，所有的運作都是在此基礎之上——發乎直覺，但卻不讓人感到知覺，描述了自然生命延續，開端於種子傳播：

> It is a vulgar prejudice that such forests are spontaneously generated, but science knows there has not been a sudden new creation in their cases but a steady progress according to existing laws. Those laws *came from seeds*-that is, are the result of causes still in operation, though we way may not be aware that they are operating .
>
> *The Dispersion of Seeds*

　　自然機制的法則始於種子，而其中它的釋放、散播到萌芽階段中，提供梭羅一個更細節的視窗到其他自然分子：植物、動物、地理到氣候的和諧參與及運行，梭羅從櫻桃樹將種子置於果被，誘使鳥類吃下再排出，達到傳播的目的，印證自然界一切自有計畫的運作，樹木是有生命與意識的，它不過借用了鳥之雙翼傳送種子，不待風助了。對櫻桃樹、鳥與風所構成的工作網（network）自發與自律的參與配合，梭羅有極為生動的觀察與敘述：

See how artfully *the seed* of a cherry is placed in order that a bird may be compelled to transport it. The bird is bribed with the pericarp to take the stone with it and do this little service for Nature. Thus a bird's wing is added to the cherry-stone which was wingless, and it does not wait for winds to transport it.

Journal, September 1, 1860

梭羅也由種子的媒介地位,使個人在這層關係鏈中,也是有所角色扮演的,所有人應作的事就是配合自然的時辰與循序,學習與自然建立和諧的關係,違反自然只會導致自然的反撲而自毀:

In the planting of the seeds of most trees, the best gardeners do no more than follow nature, though they may not know it (the best method) doing as nature does.

The Dispersion of Seeds

四、葉

樹葉,當春天來臨,冰雪消融,溪河重現地面,四處流動,梭羅視如葉脈的分流,而聯想葉子作萬物復甦之象徵,無怪「大地以葉子來作她外在的樣貌,有如生命的詩篇,是花、果的先驅」:

No wonder that the earth expresses itself outwardly in leaves. The Maker of earth but panted a leave. The earth is not a mere fragment of dead history, stratum by stratum like the leaves of book, to be studied by geologists and antiquaries, but living poetry like the leaves of a tree, which precede flowers and fruits, - not a fossil earth, but a living earth.

Walden

　　《秋色》（Autumnal Tints）是梭羅一八五三年根據對新英格蘭樹葉顏色的光彩變化觀察，而有之 Leave 與 Life 的聯想之作。梭羅是以十月及十一月的秋季為核心，觀賞秋葉的豐富光輝，意謂著萬物在這時節都到了最成熟的階段；成熟的樹葉也使自然森林飽滿，因此葉乃成熟的象徵。

October is the month for painted leaves. Their rich glow now flashes round the world. As fruits and leaves and the day itself acquire a bright tint just before they fall, so the year near its setting. October is the sunset sky; November the later twilight.

Autumnal Tints

　　而就個人言，這時也是「自我實現」（self-fulfillment）的人生時期，瞬間的情緒已經轉變是智慧的成熟，春夏階段的努力已經呈現，成果已經孕育成形。

October answers to that period in the life of man when he is no longer dependent on his transient moods, when all his experience ripens into wisdom, but every root, branch, leaf of him glows with maturity. What he has been and done in his spring and summer appears. He bears his fruit.

Journal, November 14, 1853

　　同時，樹葉的成熟也意識到冬季即臨之枯萎與凋謝，落葉回到大地，合為一體，滋育新土。因此對樹葉的脫離樹體，梭羅不視為是生命結束，不過是生命循環的慶生，梭羅說道：

How beautifully they go to their graves！They teach us how to die. The dry grasses are not dead for me. A beautiful form has as much life at one season as another.

Journal, November 10, 1858

　　《湖濱散記》的《春天》篇中，則以草葉，形容是青色的烈火，「永恆青春象徵」，比喻人類的生命是死於草木的根，卻從它的綠葉中伸出永恆。

The grass-as if the earth sent forth an inward hear to greet the returning sun; not yellow but green is the color of its flame;-the symbol of perpetual youth, the grass-blade, like a long green ribbon, lifting its appear of last year's hay with the fresh life below. So our human life but dies down to its roots, and still puts forth its green blade to eternity.

Walden

五、花果

　　《野果》（Wild Fruits）是梭羅觀察新英格蘭果實景象，而將果實的觀念從最普通的食用與擁有的價值，擴大至「觀賞與享受的樂趣」，鼓勵人們不必行遠，只要注意在地的草木花果環境，十步之

內，必有芳草；譬如當梭羅發現早期人類生活所食之白橡果，現今人們雖不再食用，卻依然「與栗果一般甜美，味道有如麵包。」梭羅認為這種找尋果實的探索樂趣，即可將平凡的日子，變得充滿意外與驚喜：

> The value of these wild fruits is not in the mere possession and eating of them. But in the sight and enjoyment of them. Most of us are still related to our native fields as the navigator to undiscovered islands in the sea. We can any afternoon discover a new fruit there which will surprise us by its sweet or sweetness.
>
> *Wild Fruits*

《野果》文中，梭羅對果實起於「觀賞與享受的樂趣」，繼而誘人深入者，則是找尋與採摘果實過程中的愉快與聯想，這情境一如《散步》，梭羅「沐浴森林的漫遊，每一次的散步，就是一次救贖（crusade），找尋人心的「聖地」之旅」，在《野果》，則是「伊甸園」之旅：

> It is a sort of sacrament, a communion-the not forbidden fruits, which no serpent tempts us to eat (Wild Fruits) ……the true fruit of Nature can only be plucked with a fluttering heart and a delicate hand, (Wild Fruits). A return to some up-country Eden, a land with milk and hackberries.
>
> *Wild Fruits*

梭羅以「結果的花」，形容自然最高的本質，必須以最細心來保有，梭羅認為終日汲汲於文明俗事，有如機器者，是摘取不到的，比喻到個人的成熟，由草木之果到以「自然之果」（Fruit of Natur）：

Most men are so occupied with the factitious cares and superfluously coarse labor of life that its finer fruits cannot be plucked by them. The finest qualities of our nature, like the bloom on fruits, can be preserved only by the most delicate handling.

Walden

梭羅也以花果分別運用在其他事物之譬喻。

性善之花、果：梭羅推崇只有善才是人性道德根本，比擬一個人的善，有如花果自身而出香氣的成熟。一個人的善不能是部份或短暫臨時的，否則這是一種藏著多樣罪惡的慈善：

I want the flower and fruit of a man; that some fragrance be wafted over from him to me, and some ripeness flavor our intercourse. His goodness must not be a partial and transitory act. This is a charity that hides a multitude of sins.

Walden

詩：有如花朵結束後，最甜美之水果。

Most poems, like the fruits, are sweetest toward the blossom end.

Journal, December 30, 1841

　　政治之花、果：梭羅也同樣將他對政治的理想以花、果來作譬
喻在《麻州的奴隸》，梭羅痛心於麻州官民違背道德與個人良知，
對逃奴法的妥協與麻木不仁，不敢勇於發動「道德的革命」。全篇
充滿悲憤、失望的心情發洩，梭羅將現行人心之敗壞、墮落暗喻
有如水蓮莖幹外部之虛弱與汙穢，然而，季節一到，水蓮花開，
香氣綻放，就可一掃先前之不完美，卓然不染：

> But it chanced the other day that I secured a white water-lily. It
> is the emblem of purity. It bursts up so pure and fair to the eye,
> and so sweet to the scent, as if to show us what purity and
> sweetness reside in the slime and muck of earth…….The foul
> slime stands for the sloth and vice of man, the decay of
> humanity, the fragrant flower that springs from it, for the purity
> and courage which are immortal.
>
> *Slavery in Massachusetts*

　　《公民不服從論》中，當梭羅以想像般的口吻，敘述他心中
「完美與光榮之國度」是國家對待人民如同對待鄰居般尊重，且
能容忍人民對國家之疏離、不願介入或不受其擁抱。「一個國家若
能結此果實，並在它成熟時任其他盡快脫離，便是邁入完美與光
榮之國度。」

> I imagine a State at last which can afford to be just to all men,
> and to treat the individual with respect as a neighbor, if a few
> were to live aloof from it, not meddling with it, nor embraced
> by it. A State which bore this kind of fruit, and suffered it to

drop off as fast as it ripened, would prepare the way for a still more perfect and glorious State.

Civil Disobedience

六、鳥

梭羅在自然界的交遊之中，對各種鳥類最為普遍與熟悉，引用不勝枚舉，在一八五八年十一月二十二日，寫給友人 Daniel Ricketson 信中說道：「一個人單獨於一隻青鳥的興趣，比對一整個城鎮中之所有動、植物，更有價值。」，而其中，梭羅情有獨鍾者，引用最繁者，則為畫眉，幾乎全面貼近到梭羅心靈、思想到冥想的流動，是靈魂的青春之泉了：

This is the only bird whose note affects me like music, affects the flow and tenor of my thought, my fancy and imagination. It lifts and exhilarates me. It is inspiring. It is a medicative draught to my soul. It is an elixir to my eyes and a fountain of youth to all my senses. It changes all hours to an eternal morning.

Journal, June 22, 1853

鳥與四季的運用：梭羅絕對是一鳥類學專家，他極刻意的運用他這份熟悉，將鳥與其鳴聲作各種自然現象的比喻及聯想。

燕子是春天使者，開始每年的希望，以藍鳥、燕子及白頭翁美妙的鳴聲，催走冬天最後一片的飄雪。

The first sparrow of spring! The year beginning with younger hope than ever! The faint silvery warblings heard over the partially bare and moist fields from the bluebird, the song sparrow, and the red-wing, as if the last flakes of winter tinkled as they fell!

Walden

以鷹之風馳電掣，喻為笛聲嘯風，劃裂天際，作為夏天樂章的前奏，象徵活力夏天的到來。

Heard two hawks scream……like a prolonged blast or whistling of the wind through crevice in the sky. Such are the rude note that prelude the summer's quire, learned of the whistling wind.

Journal March 2, 1855

送走夏天的聲音，迎接秋天者，則是月鳥（phoebe）。

I hear part of phoebe's strain, as I go over the railroad bridge. It is the voice of dying summer.

Journal, August 26 ,1854

以 chickadees 和堅鳥喻為冬之號角，其聲有如鋼鐵般冷峻，奏出硬、冷、密、實的樂章，像似冬天中，一組藍衣服飾的的重金屬樂團。

You hear the lisping tinkle of *chickadees* form time to time and the unrelenting steel-cold scream of the *jay*, a sort of wintery trumpet, screaming cold; hard; tense; frozen music, like the winter sky itself; in the blue livery of winter's band.

Journal, February, 1854

除此之外，梭羅也以鳥類形象與聲音作其他聯想，夜晚的貓頭鷹代表我們人類最廣大深邃自然中未竟之思想。

I rejoice that there are owls. Let them do the idiotic and maniacal *hooting* for men. It is a sound suggesting a vast and undeveloped nature which men have not recognized. They represent the stark twilight and unsatisfied thoughts which all have.

Walden

而鳥聲的音符，甚至有時成了安撫梭羅情緒失落的療傷之物：

When we have experienced many disappoints, such as the loss of friends, the notes of birds cease to affect us as they did.

Journal, February 5, 1859

金鶯鳥與食米鳥之季節的鳴聲，他們不是花朵綻放，而是種子成熟的聲音，代表自然穀倉收成的音響。

The tinkling notes of gold finches and bobolinks are of one character and peculiar to the seasons. They are not voluminous flowers, but ripened seeds of sound. It is the tinkling of ripened grains in Nature's basket

Journal, August 10, 1854

七、木

　　梭羅是一位強烈濃厚的愛國主義者，他對美國國力與建立民族文學，所自信憑藉者，就是美國擁有地表上，最原始的自然與森林巨木，因此，木在梭羅作品中，有兩大象徵意義：一、在《散步》文中，梭羅不斷歌頌與提醒美國人民：巨木是美國最大的國家寶藏，與歐洲較，梭羅極為自豪美國擁有西方最多種類，超過三十呎的巨木，是個人回歸「野性」本質之沃土，美國可憑藉孕育出更多的詩人、哲學家，如孔夫子與荷馬。藉此表達了美國的「獨特主義」，就是建立在世上沒有比美國有更肥沃、富裕及多樣的自然天地——「美國有更藍的天，更清新的空氣、更大的月亮、更明亮的星光、更響亮的雷聲、更傾盆的大雨、更長的大河、更寬廣的平原，更高聳的山嶽、更巨擘的林野。」，體現美國在理想與道德的獨特優越性。

　　木的第二涵義，則是梭羅痛心美國在工業化的同時，人心身陷俗世，空洞化而不自知，尤其是鐵路擴張下的伐木，更是森林的最大之敵。雖然梭羅所警告毀壞自然乃在毀滅個人心靈的孕育之所與現在的環保意識，其實並不一致，然而仍有異曲同工，是另類「不敢面對的真相」的告白。

　　巨木與梭羅：梭羅與自然的交流中，常與樹有約，視巨木是有機的媒體，不辭風雪，有如拜訪老友。

　　But no weather interfered fatally with my walk, for I frequently tramped eight or tem miles through the deepest snow to keep an appointment with beech tree, or a yellow birch, or an old acquaintance.

Walden

「仁者樂山，智者樂水」，詩人是松樹最好的朋友，而非伐木工，伐木看重者是樹木的經濟價值，而詩人所共鳴者則是樹木帶來的生活意義。

Is it the lumbermen, who is the friend and lover of the pine and understands its nature best? No. No. It is the poet; he it is who makes the truest use of the pine……It is not their bones or hide or tallow that I love most. It is the living spirit of the tree, not its turpentine, with which I can sympathize, and which heals my cuts.

Life Without Principle

十九世紀中美國進入全面的工商大盛，梭羅甘冒世俗眼光，即主休閒重於工作的觀念。梭羅藉木樹諷刺當時人心之鑽營工作，一個人如半日優遊於林中，得付出不事生產的嘲笑代價；而砍伐林木謀利，則是勤奮有事業心者。

If a man walks in the woods for love of them half of each day, he is in danger of being regarded as a loafer; but if he spends his whole day as a speculator shearing off those woods and making earth bald before her time, he is esteemed an industrious and enterprising citizen. As if a town had no interest in its forests but to cut them down!

Life Without Principle

巨木的環保意識：道路對自然帶來的是破壞，這是文明開發的代價，梭羅憂心美國十九世紀中，工業化的蓬勃，帶來人心的物質腐化與自然森林的砍伐是最大國家的損失，而鐵路的建設是威脅森林消失，最具體的象徵。

> The cars on our railroad, and all their passengers, roll over the trunks of trees sleeping beneath them which were planted years before the first white man settled in New England.
>
> *Journal, November 21, 1860*

除松樹外，榆樹是常見梭羅請命的樹種，因為它已成了梭羅口中的「村莊木」（villageous trees），是居民蓋屋之必 選建材。

> In the twilight, when you can see only the outlines of the trees in the horizon, the elm-tops indicate where the houses are.

八、獸

梭羅一直有著為獸的渴望，認為是最能融入與享受自然的方式，他把他的湖濱生活就比擬是「野獸生活」，梭羅對自然的瘋狂迷戀與自認尚未完全退化的原始野性及野外自然的「異稟」，讓愛默生感到印象深刻──梭羅不論是目測樹木的高度，河湖深淺，動物體重，極為精準；在森林間遊，有如野獸般自在從容，暢所欲行，愛默生認為「梭羅在麻薩諸塞人世文化的絆擾下，無法生為森林之獵狗、豹，才寄情於林野，多識草木與鳥獸魚蟲」：

He confessed that he sometimes felt like a hound or a panther. But restrain by his Massachusetts culture, he played out the game in this mild form of botany and ichthyology.

By R. Emerson in Thoreau

　　梭羅秉持自然與人類之有機，視為母與子之間的關係，作為這場文學實驗之前提。在《散步》一文中梭羅感嘆美國有最原始之山川處女林地，然今人卻急於離開以「豹」為喻的自然母親，投入社會的懷抱，發展人與人的關係，造就有限膚淺的文明：

Here is this vast, savage, howling mother of ours, Nature, lying all around, with such beauty, and such affection for her children, as the leopard; and yet we are so early weaned from her breast to society- a civilization destined to have a speedy limit.

Walking

　　梭羅感慨年輕人自出生便被制度、傳統固定，不如出生於原野，受「野狼」哺育，則有看待萬物更清明的視野。

Better if they had been born in the open pasture and suckled by a wolf, that they might have seen with clearer eyes what field they were called to labor in.

Walden

　　梭羅體驗人類最原始的本性，可見他想要回復到食草的欲望：

And now that I have discovered the palatableness of this neglected nut, life has acquired a new sweetness for me, and I am related to the first men. What if I were to discover also that the grass tasted sweet and nutritious? Nature seems friendly to me.

Wild Fruit

　　追求個人最純潔的本質，方法上是放棄一切文明世俗的傳統，散步自然，每一次的漫遊，就是一次前往「聖地」（a la saint terre）的救贖，這種漫遊不是健身而是健心，梭羅以「駱駝」譬喻散步的心法，因為只有駱駝是惟一在行走中同時沉思的動物；

You must walk like a camel, which is said to be the only beast which ruminates when walking.

Walking

　　重視自然生活獨處的梭羅也以「蜘蛛」自比，終日在閣樓一角，享受自己的廣大思想世界。

God will see that you do not want society. If I were confined to a corner of a garret all my days, like a spider, the world be just as large to me while I had my thoughts about me.

Walden

　　梭羅也自比為奔馳於原野林間而非人為道路的「馬」，因為踏著既定的人行道路，是得不到與自然的啟發交會。

Roads for are made for horses and men of business. I am a good horse to travel, but not from choice a roadster.

Walking

梭羅相信自然與個人的交感是隨機的，有如為找尋自然之甜蜜，永生之日的「蜜蜂」。

I am like a bee searching the livelong day for the sweets of nature.

Journal, September 7, 1851

梭羅漫步湖邊，巧遇彩虹，七彩顏色灑滿天空下層，為葉樹染色，光華耀眼，宛如看穿水晶玻璃。這時湖水已是彩虹閃爍下的湖光滿面，我有如「海豚」。

Once it chanced that I stood in the very abutment of a rainbow's arch, which filled the lower stratum of atmosphere, tinging the grass and leaves around, and dazzling me as if I looked through colored crystal. It was a lake of rainbow light, in which, for a short while, I lived like a dolphin.

Walden

第六篇

社會生活

　　梭羅主張個人必須活在自然的「簡約生活」中，找回純真本性；但梭羅在之後的《散步》文中，自承他對美國的忠誠與愛護，必須常返回現實社會之中，而過著一個穿梭於自然與世俗之間的「邊界生活」（border life）。這種「務實」的調整，可見梭羅也重視理想之後的可行性，並非完全不食人間煙火者；另就梭羅的性格上言，實難掩蓋他身在林中，卻心念社會，直接表達了對當時各種制度與現象的意見，如繼承、城鄉、教育、慈善、環境、媒體等，有著一股急迫回歸社會的使命感，絕非一昧與世隔絕，裝聾作啞的沉默隱士，梭羅認為知之而不行，比不知而不行，更是改革之障礙，梭羅打了一個比喻，九十九個支持道德之人，還不如一個真正行動者，個人行動不需等到形成多數，只要上帝站在這一邊就夠了。

一、繼承

（一）

I see young men, my townsmen, whose misfortune it is to have inherited farms, houses, barns, cattle, and farming tools; for these are more easily acquired than get rid of.

Walden

我以為青年男女，我的鎮上人民，最大不幸就是繼承父母之田產、房舍、穀倉、牛到農具，因為他們易得而難捨。

《湖濱散記》

梭羅回歸自然的方式就是必先捨得一身寡，甚至連「繼承」都當捨棄，有如他拒絕繼承父親鉛筆工廠，梭羅以為限制人心的傳統與規範皆藉此制遺傳後世，梭羅徹底不為物役的心態由此可見。

（二）

The better part of the man is soon plowed into the soil for compost. By a seeming fate, commonly called necessity, they are employed laying up treasures which moth and rust will corrupt and thieves break through and steal. It is a fool's life, as they will find when they get to the end of it.

Walden

人就這樣把自己美好的部分有如堆肥犁入泥土中。在一般所謂必要的命運下，他們必須受僱工作積蓄財富，再被蟲蛾銹蝕與小偷盜取。走到最後的人生，他們才發現過了愚蠢的一生。

《湖濱散記》

二、城鄉

（一）

I am more and more convinced that, with reference to any public question, it is more important to know what the country thinks of it, than what the city thinks. The city does not think much. On any moral question, I would rather have the opinion of Boxboro than Boston and New York put together.

Walden

我越加確定有關公共問題，知道鄉村的想法比知道城市人的想法重要。城市人不大思考。關於道德的問題，我寧可聽 Boxboro 小鎮的意見，也不願聽波士頓與紐約加起來的意見。

《湖濱散記》

梭羅以城市已經是資本文明下的制度居所，鄉村則是接近自然下，保有個人的獨立思想空間。

（二）

It is folly to attempt to educate children within a city; the first step must be to remove them out of it.

Journal, December 25, 1853

在城市中教育兒童是愚蠢的，第一步應該是帶他們遠離城市。

日記，一八五三年十二月二十五日

梭羅即因反對小學體罰制度而辭職，結果，自己辦小學，當然是沒有體罰，採戶外上課，置身大自然的活潑教學方式，頗獨樹一幟。

（三）

I don't like the city better, the more I see of it. The pigs in the street are the most respectable part of the population. When will the world learn that a million men are of no importance compared with one man？

Letter to R. Emerson form New York, June 8, 1843

越看，我越不喜歡城市。街上，豬是所有人口中最值尊重的一群。何時世上才學會一百萬人，不代表比一個人重要。

致 R. Emerson 信，一八四三年六月八日

鄉村是個人獨立的最後堡壘，除前往哈佛念書與此時在紐約擔任愛默生子女的家教，梭羅終其世與康考特鎮（Concord）相伴一生。

三、教育

（一）

Many to England to finish their education schools, and when they have returned their fiends remark that the most they have acquired is a correct pronunciation of English.

Journal, July 30, 1853

許多前往英國學校完成學業之人，返國時，他們的朋友發現他們得到者，只是正確的英國發音。

日記，一八五三年七月三十日

十九世紀，民族主義刺激美國新英格蘭一群愛國學者，對當時美國人民仍以英國進口的文學書刊為主要心靈閱讀來源，感慨美國雖然政治獨立，卻仍然是英國文學的附庸。

（二）

In every part of Great Britain, are discovered traces of Romans. But New England, at least, is not based on any Roman ruins. We have not to lay the foundations of our houses on the ashes of a former civilization.

Thoreau

英國所有的部分都可發現羅馬的遺緒。但新英格蘭至少不是建基於羅馬的遺跡之上。我們不必將我們的屋舍建立在前者文明的灰燼之上。

梭羅

梭羅是最堅定與道地的民族文學家與愛國主義者，而他的故鄉新英格蘭地區麻薩諸塞州康考特鎮正是美國本土文學理論——超越主義的誕生中心。

（三）

New England can hire all the wise man in the world to come and teach her, and board them round the while, and not be provincial at all. That is the uncommon school we want.

Walden

新英格蘭（美國東北部）可以僱請世界最有智慧之人並安排他們住宿，來教育當地人民，使他們見識不再狹隘。這就是我們所要的「特別學校」。

《湖濱散記》

這是梭羅對康考特鎮上教育資源分配上的批評，應該花更多的錢辦理「講座」（lyceum），梭羅認為這有別一般的公立學校，而是特別的學校。

（四）

We have a comparatively decent system of common schools, schools for infants only. It is time that we had uncommon schools, that we did not leave off our education when we begin to be men.

Walden

我們擁有一個相對健全的公立學校體系，也就是為兒童的學校。現在是我們要有「特別學校」的時候了，我們不能捨棄我們的教育，當我們開始要成熟的時候。

《湖濱散記》

梭羅的特別學校是重視成人的全人通識教育。

（五）

We have no system for the education of the great mass who are grown up.

Journal, September 27,1851

我們所缺的是如何讓大眾成長之教育系統。

日記，一八五一年九月二十七日

四、慈善

（一）

Philanthropy is almost the only virtue which is sufficiently appreciated by mankind. (But) it is our selfishness which overrates it.

Walden

慈善是人類最充分感恩的美德。其實，她不過是我們自私的誇大。

《湖濱散記》

梭羅「簡約生活」之安貧樂道與慈善是無法交集的兩條平行線。

（二）

I want the flower and fruit of a man; that some fragrance be
wafted over from him to me, and some ripeness flavor our
intercourse. His goodness must not be a partial and transitory
act. This is a charity that hides a multitude of sins.

Walden

我要的是一個人有如花果，自身而出的香氣傳染於我，感到
成熟的交往風味。一個人的善不能是部份或短暫臨時的；這
是一種藏著多樣罪惡的慈善。

《湖濱散記》

慈善不是梭羅所推崇的，他帶有意識與刻意；只有善才是根
本，慈善因此顯得多餘。

（三）

What is called charity is no charity, but the interference of a
third person.

Journal, February 11,1841

所謂的慈善不是慈善，不過是第三者的介入。

日記，一八四一年二月十一日

梭羅認為慈善是人為奪走上帝給他生活機會的行為。

（四）

A man is not a good man to me because he will feed me if I starving, warm me if I freezing, or pull me out of a dich if I should fall into one. I can find you a Newfoundland dog that will do as much. Often the poor is not so cold and hungry as he is dirty and ragged. It is partly his taste, and not merely his misfortune.

Walden

如果一個人是好人只因我餓時給我食物，我冷時給我衣物，或是我掉入溝渠，拉我出來，那我可以為你找一隻可以作一樣多的紐芬蘭狗。通常窮人並不是髒或襤褸就是又冷又餓。這可能部份是他的選擇，而不是因為他的不幸。

《湖濱散記》

慈善就是濟貧？但梭羅以為貧窮的定義已經是精神而非物質的缺乏。

五、保育

梭羅一直有回到獸的欲望者，希望藉此回到人與自然最融入的母子狀態。人之不同於其他自然萬物者，只有人是改變環境以適應自己，而非獸之適應融入自然，這般人定勝天的觀念，已經快要讓我們失去這個地球了！

（一）

I fear that he who walks over these over these fields a century hence will not know the pleasure of knocking off wild apples. Ah, poor man, there are many pleasures which he will not know.

Wild Apples

我恐怕一世紀後，在這田野散步的人根本無法體會踢著地上野蘋果的樂趣。哎！可憐的人，有太多的樂趣他將不知道。

《野頻果》

果然在 2007 年麻州生態學家 Edward Nickens 根據梭羅 Walden 書中所描述的環境，比照今非昔比差異，看出全球暖化對 Concord 動植物群原生態的衝激程度。

（二）

I spent a considerable portion of my time observing the habits of the wild animals, my brute neighbors. Very significantly are the flight of geese and the migration of suckers, etc., etc. But when I consider that the nobler animals have been exterminated here- the cougar, panther, lynx, wolf, bear, moose, deer, the beaver, the turkey, etc., etc. – I cannot but feel as if I lived in a tamed, and emasculated country. As if I were to study a tribe of Indians that had lost all its warriors.

Journal, March 23, 1856

我花了相當部份時間觀察野生動物也是我的野蠻鄰居的習慣。相當有意義的是野雁的飛行和吸盤魚的遷移等等。但是當我想到更高雅的動物已經在此絕跡：如豹、獅、山貓、狼、熊、麋鹿、鹿、獾、火雞等，我不禁覺得似乎活在一個馴養與去勢的世界，好比研究一個已經失去所有戰士的印地安部落。

日記，一八五六年三月二十三日

真不知誰才是誰的「野蠻鄰居」？

（三）

That must be a poor country indeed that does not support a hare.

Walden

當一個國家連野兔都不生，那必定是一窮國。

《湖濱散記》

因為即使森林伐盡，尚有野草可加供養，所以野兔不生，代表這國家已沒有綠地。

（四）

I would rather save one of these hawks than have a hundred hens and chickens. It is worth more to see them soar, especially now that they are so rare in the landscape. It is easy to buy eggs, but not to buy hen hawks. It is unnecessary to sacrifice the greater value to the less.

Journal, June 13, 1853

我寧可救一隻鷹,放棄一百隻雞。看他們翱翔天空,尤其在景觀上,鷹是越來越稀有,就更值得了。買雞蛋是比買小鷹簡單多了。沒有必要為小利而犧牲更大的利益。

日記,一八五三年六月十三日

梭羅的保育不全是放生,在食物鏈的平衡下,減少也是保育的一部分。

(五)

For one that comes with a pencil to speak or sing, a thousand come with an axe or rifle.

The Maine Woods

有一個人是帶著筆與歌聲進入自然,就有一千人是以斧、槍入林。

《緬因森林》

(六)

A few of the most obvious and familiar of theses powers are the wind, the Tide, the Waves, the Sunshine. Every machine seems a outrage against universal laws. Sometimes we confessed, we are so degenerate as to reflect with pleasure on the days when men were yoked like cattle, and drew a crooked stick for a plow.

Paradise to Be Regained

一些最明顯且熟悉的能源：風、潮、波浪、太陽，任何的機器似乎都是對宇宙法則的冒犯，我承認，有時我寧可退化到有如套上頸軛的牛，享受犁田的樂趣。

《重返天堂》

　　一八四三年，梭羅為挑戰艾芝樂（J. A. Etzler）提出的一個未來人類的烏托邦，是可以建立在物質與機械文明的「機器體制」（mechanical system）之上，反對「任何機器體制強加於人」，因為自然力所提供之能量，完全不遜任何機器，在環保與開發替代能源如火如荼的二十一世紀，再度看到梭羅的遠見。

六、媒體

（一）

All news is a gossip, and they who edit and read it are old women over their tea.

Walden

所有的新聞都是老太太下午茶的八卦。

《湖濱散記》

報紙也是消費文明下的商品，也要投眾所好，很難說真話。

（二）

Could slavery suggest a more complete servility than some of these journals exhibit？

Slavery in Massachusetts

有些報業似乎比奴隸更具奴性？

《馬薩諸塞州的奴隸制度》

報紙沒有說實話的勇氣。

（三）

If one may judge who rarely looks into the newspaper, nothing new does ever happen in foreign parts, a French revolution not excepted.

Walden

一個不閱報的人也可判斷在國際版，決看不到什麼「新」新聞，法國大革命亦不例外。

《湖濱散記》

這就是所以梭羅稱美國人民偏狹的原因，就在美國報業選擇性的餵食他們的讀者。

（四）

If words were invented to conceal thought, I think that newspapers are a great improvement on a bad invention. Do not suffer your life to be taken by newspaper.

Letter to Harrison Blake, November 20, 1840

如果文字的發明是用以隱藏思想。我想報紙則是此一不良發明的偉大演進。別被報紙奪走你的生活而痛苦。

致 Harrison Blake 信，一八四○年十一月二十日

（五）

The newspaper is a Bible which we read every morning and afternoon. It is, in short, the only book which America has printed, and which America reads. So wide is its influence.

報紙是我們早晚必讀的聖經。它是美國僅有的出版與閱讀。它影響力寬廣。

報紙已成了美國精神的速食。

（六）

The newspaper devote some of their columns specially to politics or government without charge; but, as I love literature, and to some extent, the truth also, I never read those columns at any rate.

Life Without Principle

報紙將他的專欄全免費奉獻給政治或政府；但我喜愛文學，某程度，也愛事實，我從不看專欄。

《沒有原則的生活》

八卦與政治現代國家報紙的兩大專欄賣點。

（七）

As for the herd of newspaper and magazines, I do not chance to know an editor in the country who will deliberately and permanently reduce the number of his subscribers.

Plea for Captain John Brown

在我們國家，我不可能發現報紙雜誌業者中，會有編輯認真刊登會減少讀者訂閱的新聞。

《為約翰布朗上校請願》

（八）

The newspapers are the ruling power.

Life Without Principle

媒體才是執政的力量。

《沒有原則的生活》

梭羅指出美國報業治國的現象。

（九）

If a man neglects to read the Daily Times, government will go down on its knees to him, for this the only treason in these days.

Life Without Principle

如果有人忽略了看報，政府將對他屈膝而跪地，因為這是近日僅能的叛國行為。

《沒有原則的生活》

報紙成了政治的執行工具，看報成了忠誠的象徵。

第七篇

政治理想

　　梭羅一生投入文學兼及政治的改革，兩者往往領域的差異，後人習慣作獨立研究而生片面成果，一般人偏執以梭羅「專業」的文學為探討，結果常生研究梭羅人生的斷點，而質疑：梭羅雖走出森林，卻仍有如身在森林，梭羅只找到生命的首章，但卻不知生命其他的篇章所在？此即忽略了其實他「業餘」政治這一塊，才是完整瞭解梭羅率直、熱情特質與個人最至情至真的改革堅持。

　　梭羅早期改革理論焦點是集於個人的「自我教化」，才有湖濱簡約生活的實驗，梭羅的改革邏輯是個人改革成功，則社會自然改善；直到一八四〇年代中，美國奴隸制度開始快速的漫延，才使梭羅的改革目標從原先美國資本主義過度發達所造成社會人心腐化的憂慮，轉而至美國政府，因為他幾與奴隸主是同路人。一八四九年，公民不服從論發表後，梭羅方全面覺醒個人的「自我教化」已不如改革一個不保障個人自由的政府來得更加急迫。

一、政府

　　《公民不服從論》描述者是梭羅心中「政治理想國」之藍圖，而建構他理想國者，乃根基他「權宜統治」（the Rule of Expediency）理論——政府是臨時的設施，放大「個人」而非「政府」在民主政治運作比例，因為每人皆可為天使，所以「良知、道德」可取代法律為社會「最高法」，也就是梭羅以為最好的政府不是麥迪遜所謂「管得最少的政府」，而是「什麼都不管的政府」，因為所有政府、官員與法律不過是一種「權宜設施」(expedient)，而「政府越權宜，則個人越能獨立發展其良知」，梭羅的理想國度內是沒有法律，而是以個人良知為斷，公平正義(justice)是靠道德而非法律達成。

　　然而「權宜統治」論又非無政府主義論調，梭羅仍視政府乃必要，因此務實下，梭羅惟一主張政治常設 (standing)機構者，則是鎮民會（town meeting），梭羅以為「鄉、鎮」應該取代州為國家之政治單位，才是美國最能反應真實民意的真正國會（Congress），可見其「政治理想國」接近者乃城市國家概念。

（一）

I cannot for an instant recognize that political organization as my government which is the slave's government also.

Civil Disobedience

我一刻都不願承認這個支持奴隸的政府是我的政府。

《公民不服從論》

　　一八四六年五月，正當梭羅耕讀華爾騰湖邊，美國發動了對墨西哥戰爭，梭羅以政府違背人民意志為由，拒絕繳稅抗議，結果被拘捕入獄；乃憤而發作《公民不服從論》。

（二）

I quietly declare war with the State.

Civil Disobedience

我沉默地向麻州政府宣戰。

《公民不服從論》

　　獄中，他嘲笑麻州政府，圍牆限制的不過是血肉之軀，卻關不住自由人心，決心對麻州進行沉默的宣戰。

（三）

I had never respected the Government near to which I had lived, but I had foolishly thought that I might manage to live here, minding my private affairs, and forget it. At last, it occurred to me that what I had lost was a country!

Slavery in Massachusetts

儘管我從不尊重與我近在咫尺的政府，我一直認為只要關心自己的事情，無視於政府的存在，我愚蠢的相信我可以設法的在這裏生活下來。但最後我發現我要失去一個國家了！

《馬薩諸塞州的奴隸制度》

　　這對梭羅決定結束林中獨善其身，走入社會進行政治的批判，有著極大的影響。

（四）

When a sixth of the population of a nation which are slaves, it is not too soon for honest men to rebel and revolutionize.

Civil Disobedience

當一國六分之一人口是奴隸，一國正直之士起義反叛，當不嫌快。

《公民不服從論》

　　梭羅批判的對像是麻州政府，而目的是立即的廢奴，梭羅疾呼「麻州州憲法非人道地認同奴隸制度，是根本之邪惡，州民實無繼續服從其法之必要。」

（五）

When a government takes the life of a man without the consent of his conscience, it is an audacious government, and is taking a step towards its own dissolution.

Plea for Captain John Brown

當一個政府不經個人良知的同意，而剝奪其生命；這是一個大膽厚顏政府，他在走向瓦解。

《為約翰布朗上校請命》

（六）

Is a democracy is the last improvement possible in government ?

Civil Disobedience

民主是政府最後可能之改良嗎？

《公民不服從論》

　　梭羅不以為民主是人民生活方式之最後選擇，人類生活方式自獨裁至君權再演變到民主的道路上，自民主再走到下一個更好的生活制度，自是人類當然之追求。

（七）

There will never be a really free and enlightened State, until the State comes to recognize the individual as a higher and independent power, from which all its own power and authority are derived.

Civil Disobedience

一個自由、理性的國家，就必須認同個人才是最高與獨立之權力，是一切其他權威的來源。

《公民不服從論》

　　梭羅心中理想國者，乃根基他「權宜統治」（the Rule of Expediency）理論——政府是臨時的設施，放大「個人」而非政府在民主政治運作比例，因為每人皆可為天使，所以「良知、道德」取代法律為社會「最高法」，梭羅的理想國度內是沒有法律，而是以個人良知為斷，公平正義是靠道德而非法律達成。

（八）

Government is at best but an expedient. When government is most expedient, the governed are most let alone by it.

Civil Disobedience

政府只是一臨時的設施，政府最權宜時，被治者也就最不受政府所侵擾。

《公民不服從論》

梭羅改變政府至臨時的位階，更勝建國先賢之政府越小，則個人自由越保至理。

（九）

That government is best which governs not at all.

Civil Disobedience

什麼都不管的政府是最好的政府。

《公民不服從論》

梭羅一直為人誤認是無政府主義者，其實，梭羅所追尋者，乃一以道德為治的政府，不是多數壓迫少數的投票政治。

（十）

Unlike those who called themselves no-government Men, I ask for, not at once no government, but once a better government.

Civil Disobedience

梭羅即使相信人皆可為聖賢，他所追求者「不是一個立即的無政府，而是一個立即且比現在更好的政府。」

二、公民不服從

梭羅政治理念中，令人印象至深與最為影響後世者，是他創意的反抗政府設計，剛自林中回歸現實人生的梭羅，這時所呈現是柏拉圖

式的溫和革命者的態度。梭羅雖認同人民有革命之權，然而手段上卻
是他所謂之「和平革命」（peaceable revolution），並不主張以暴力流血
因應，而是人民以集體消極或不遵守方式反抗國家法令，癱瘓政府。
印度甘地深受梭羅的影響，以集體入獄「不抵抗」方式，結束英國殖
民統治。二十世紀，馬丁・路德・金恩也獲得啟發，採取「靜坐」抗
爭，全面癱瘓了南方白人的隔離政策，美國民權運動的思想得到了新
生。六〇年代末期，美國青年拒絕徵召入伍的遊行示威、佔據校園的
「反戰」運動，統統變成理直氣壯的公民社會運動。

（一）

Unjust laws exist : shall we be content to obey them? I say,
break the law.

Civil Disobedience

我們要心甘情願遵守不公不義之法嗎？我說：違背它。

《公民不服從論》

　　梭羅是完全反對「惡法亦法」的鄉愿，人民面對不義之法的態
度就是觸犯，作法是拒絕納稅，官員辭職，走向監獄。

（二）

When the subject has refused allegiance, and the officer has
resigned his office. This is, in fact, the definition of peaceable
revolution.

Civil Disobedience

當人民拒絕效忠；官員辭職。事實上，這就是和平革命。

《公民不服從論》

梭羅認同人民有革命之權，將之比擬「人民有如反作用之摩擦力，抵制支持奴制的麻州政府機器，抗衡其邪惡。」梭羅在避免流血與減除個人生活犧牲，人民面對不義之法的態度就是以集體消極或不遵守、不執行方式觸犯，做法是拒絕納稅，官員辭職，走向監獄，癱瘓政府。

（三）

Under a government which imprisons any unjustly, the true place for a just man is also in prison.

Civil Disobedience

當一個奴隸的政府專拘正直之士時，監獄是正義之人的惟一所在。

《公民不服從論》

梭羅提出十萬人投票後，在不知結果下，各自散去，但十萬人湧入監獄，則可立刻解奴。

三、政黨

（一）

It is evident that there are two parties, becoming more and more distinct—the party of the city, and the party of the country.

Civil Disobedience

很明顯有兩個越來越區分的政黨——城市黨和鄉村黨。

《公民不服從論》

梭羅將國家分成兩部分，一國之兩黨是城市黨（party of city）與鄉村黨（party of country），城市居民對道德問題是不會思考的，只有鄉村人口仍能堅持，做出正確的個人權利思考與言。

（二）

When the farmers come together to a special town meeting, to express their opinion on some subject, that, I think , is the ture Congress, and the most respectable one that is ever assembled in the United States.

Slavery in Massachusetts

當農民聚集在特別的鄉鎮會議，表達他們對特定事務的意見。我認為這才是真正的國會，也是美國有史最受尊崇的聚會。

《馬薩諸塞州的奴隸制度》

梭羅主張「鄉、鎮」應該取代州為國家之政治單位，鎮民會（town meeting）才是美國最能反應真實民意的真正國會（Congress），可見梭羅所希望國度，事實是回復到早在憲法制定前，十三州鄉鎮自治運作的政治復古形態。

（三）

Politics is the gizzard of society, full of grit and gravel, and the two political parties are its two opposite havles, which grind on each other.

Life Without Principle

政治是社會之「真胃」，充滿著砂石，兩大政黨有如對立的兩半，傾軋磨擦。

《沒有原則的生活》

梭羅認為理想之政治運作應該是最無知覺之事，梭羅將美國政治比喻是鳥之「真胃」，兩大政黨有如鳥胃中的砂石，傾軋摩擦，表示當時美國政治，已讓人感到是消化不良。

四、投票

梭羅認為民主制度下，投票不過是一場遊戲，質疑多數的民意決非最明智的，對少數言，也不是最公平的。可見得梭羅的政治邏輯思考是偏重在個人的權利與少數人的意見，否定多數決統治的定律，個人良知與道德可以取代法律成為政治運行之最高法則，因為具備不凡及智慧的人本來就是少數。梭羅亦質疑多數的民意決非最明智的，對少數言，也不是最公平的，多數決不過是最強勢地位者的多數暴力。

（一）

All voting is a sort of game. A wise man will leave the right to the mercy of chance nor wish it to prevail through the power of majority.

Civil Disobedience

投票不過是一種遊戲。有智慧之人是不會讓正義公平依賴在機會的施捨及希望多數意志的優越。

《公民不服從論》

投票量化民意，不只對上智也是對弱勢的壓迫。

（二）

A majority are permitted to rule, is not because they are most likely to be in the right, nor because this seems fairest to the minority, but because they are physically the strongest.

Civil Disobedience

多數被允許統制，非因他們最可能是對的，亦非對少數似最公平的，而是因他們是最有力量的。

《公民不服從論》

民主亦是多數決暴力。

（三）

The fate of the country does not depend on how your vote at the polls—the worst man is as strong as the best man.

Slavery in Massachusetts

國家的命運不取決於你我的如何投票；因為最好與最壞的都一樣會當選。

《馬薩諸塞州的奴隸制度》

投票一樣無法產生中道路線。

五、立法

我們由梭羅一再具體提出批評與觀察，我們發現梭羅所欲針對政治改革對象當是立法者。梭羅認為美國從來沒有真理與啟發性的法律，政客與立法者以偏見去訂下狹隘的制度，一味使人如牛、馬，淪為政府的奴役，卻取得人民的感激與愛戴，變成木人石心者，反被讚許為「良民」。而往往思考獨立與執著個人自我道路者，如改革人士或愛國者卻被打為異端，視如敵人，梭羅舉出耶穌釘死十字架、哥白尼、馬丁路德待為異端與建國先賢華盛頓、富蘭克林亦曾看作叛逆亂黨，結果最後證明少數人士的觀點反而是真理的代表，法律向來是壓抑前瞻與智慧的手段。

（一）

The law will never make men free; it is the men who have got to make the law free.

Slavery in Massachusetts

法律永遠不會讓人自由，人必須去解放法律。

《馬薩諸塞州的奴隸制度》

梭羅的理想國度內是沒有法律，是以良知及道德治國。

（二）

It is not desirable to cultivate a respect for the law, so much as for the right.

Civil Disobedience

與其養成尊重法律的習慣，不如養成尊重權利的習慣。

《公民不服從論》

（三）

No man with a genius for legislation has appeared in America. Our legislators have not yet learned the value of free-trade and of freedom, of union, and of rectitude, to a nation.

Civil Disobedience

美國從來沒有出現立法天賦的人。我們的立法人甚至連自由
貿易與自由，團結與正直對一個國家的價值都弄不清。

《公民不服從論》

民主政治是平民，非精英政治，有其庸俗面。

（四）

If were solely left to the wordy wit of legislators in Congress
for our guidance, American would not long retain her front
rank among the nations.

Civil Disobedience

如果我們只讓國會議員玩弄文字遊戲，立法領導我們，美國
難以保持她優越的地位於世。

《公民不服從論》

六、約翰布朗

　　梭羅捨田野回歸社會，全心要求者乃即刻的廢除奴隸，他一八
四八年發表《公民不服從論》，提倡和平抗爭手段，鼓動麻州州民
拒絕配合政府法令，讓法律形同具文，但這個和平的主張到一八五
九年，當約翰布朗被南方絞刑處死，梭羅鼓吹暴力不服從（violent
disobedience）後，實已形同俱往。約翰布朗（1800-1859），聲名
大噪於一八五五年「堪薩斯喋血」。他原居俄亥俄州，自稱受到上
帝的召喚與任命，賦解放美國黑奴之使命，乃攜其六子移民堪薩

斯，加入反奴行列。待一八五九年十月，約翰布朗企圖進行更震撼的計畫，他打算侵入南方，直接解放黑奴。約翰‧布朗選擇了維吉尼亞州的哈波渡口，奪取槍械，但因隨眾僅十八人，馬上被維州部隊包圍，原先預估黑奴揭竿而起的響應也沒出現；最後，兵敗被縛，被維州法院以叛亂罪，處以絞刑。

（一）

I did not send to you for advice, but to announce that I am to speak.

Thoreau

我有話要說，但我將不徵求你的同意！

梭羅

約翰布朗失敗被捕入獄，梭羅是第一個站出來公開替布朗辯護。布朗遇害當下，基於南北互信已瀕臨崩盤邊緣，連當時解奴最力的共和黨與廢奴黨尚且以悼念布朗時機還不成熟，避免挑動南北敏感神經為由，欲加勸阻，但梭羅堅持演說支持布朗的暴力選擇。

（二）

I don't believe in erecting statues to those who still live in our hearts, but I would rather see the Statue of Captain in the

Massachusetts Sate-House yard, than that of any other man whom I know.

Plea for Captain John Brown

我不信為常存人心者樹立雕像，但我願意看到布朗雕像樹立在麻州政府廣場勝過我所認識的任何一人。

《為約翰布朗上校請命》

梭羅極高的推崇約翰，他受教育不多，僅以常識及個人良知為斷，不受權威與法律束縛；是一位有原則、思想，充滿智慧與勇氣的完美典範化身，對梭羅而言，約翰・布朗是他期待已久的果陀，「其偉大超過艾默森，尤其，是一位超越主義者。」。

（三）

Some eighteen hundred years ago Christ was crucified; this morning, Captain Brown was hung. These are the Two ends of a chain which is not without its links. He is not Old Brown any longer; he is an angel of light.

Plea for Captain John Brown

大約一千八百年前，耶穌被釘死在十字架上；今晨，布朗受絞刑。他們兩人是長練相連的兩端。他不再是約翰布朗，他是光耀天使。

《為約翰布朗上校請命》

　　梭羅將布朗的絞刑殉道並列於八百年耶穌之受難於十字架，視同人類歷史長鍊之兩端，以「光耀天使」稱之約翰布朗，認為他超越了自然，賦予自身永恆的地位，雖死猶生。

七、暴力不服從

　　一八五四年五月，美國國會繼德州通過《堪薩斯內布拉斯加法案》，允許兩領地以奴隸州加入美國，等於違反一八二〇年折衷案中 36 度 30 分以北不蓄奴之政治協定，更被北方廢奴人士視為最大的挫敗，同時間，波士頓法院正好逮捕了逃奴伯恩斯（Anthony Burns），並判定歸還南方奴主，廢奴人士決定採取攻擊法院的流血行為，造成一人死亡，多名廢奴人士遭到起訴。伯恩斯被麻州用政府力量重回奴隸生活，給予梭羅極大的關切，不但徹底死心個人自我教化的實驗，連溫和、非暴力的和平革命都不足號召。從此，全力轉向廢奴運動，投入廢奴組織，梭羅主張即使流血也在所不惜。

（一）

War is the compelling of Peace.

The Service

戰爭是被和平壓迫下所採取的行動。

《服務》

（二）

My thoughts are murder to the State, and involuntarily go plotting against her.

Slavery in Massachusetts

我所有的思考就是謀殺這個州與不得不顛覆她。

《馬薩諸塞州的奴隸制度》

（三）

I do not wish to kill nor to be killed, but I can foresee circumstances in which both these things would be by me unavoidable.

Plea for Captain John Brown

我不希望殺人與被殺，但我可以預料未來這兩種情勢，已無法避免。

《為約翰布朗上校請命》

（四）

I think that for once the Sharps rifles and the revolvers were employed in a righteous cause. The tools were in the hands of one who could use them.

Plea for Captain John Brown

就我而言，只要是從事正義的運動，那行使武器的決定，完
全在所擁有者之手。

《為約翰布朗上校請命》

（五）

They who are continually shocked by slavery have some right
to be shocked by the violent death of the slave- holder.

Plea for Captain John Brown

對那些持續驚訝於奴隸還存在的人，他們現在應該去驚訝奴
隸主的暴力死亡。

《為約翰布朗上校請命》

（六）

I prefer the philanthropy of Captain Brown to that philanthropy
which neither shoots me nor liberates me.

Plea for Captain John Brown

與其既不開槍又不採行動解放奴隸的慈善相比，我寧可選擇
約翰布朗式的慈善方式。

《為約翰布朗上校請命》

第八篇

批評

　　梭羅思想的前衛與性格的孤僻，所謂名滿天下，謗亦隨之。雖然有些是出於朋友之忠告，亦不乏成見批判。故此部分特也蒐羅了梭羅當時或稍後的美國作家對梭羅思想的批評，以供讀者有不同的觀點和挑戰看法。

　　經整理後梭羅所受各家批評，可分成性格上者或視梭羅的人生實驗高調、虛偽、自私看法，相信讀者在參閱完本書後，自有公評定見，也是另一般方式的啟發。

> It cost Thoreau nothing to say No; indeed it much easier than to say Yes. It seems as if his first instinct on hearing a proposition was to controvert it. This habit, of course, is a little chilling to the social affections; and though the companion would in the end acquit him of any malice or untruth, yet it mars conversation. "I love Henry," said one of his friends, but "I cannot like him"
>
> *Ralph W. Emerson, from The Atlantic Monthly(August 1862)*
>
> 對梭羅言，說「不」比說「是」，相較是既輕鬆又沒有損失的事。似乎他聽到任何提議的第一個直覺就是爭論。當然這個習性有點不合社交上善意好感的建立；雖然他的同伴最後釋懷，諒解他沒有惡意或不實，這的確阻礙了溝通。就像一個朋友所說：「我愛亨利，但我無法喜歡他。」

　　愛默生一八四八年，自英返國後，益加看重社交禮儀，對梭羅的「野性生活」視為是「天份的浪費」。

The key of Thoreau's life is the fact that it was devoted to the art of an interior aggrandizement of himself. The three chief tricks in this art are, first, a direct self-enhancement, by a boundless pampering of egotism; secondly, an indirect self-enhancement, by a scornful depreciation of others; thirdly, an imaginative magnifying of every trifle related to self. He is constantly, with his boastful stoicism, feeling himself, reflecting himself, fondling himself, reverberating himself, exalting himself, incapable of escaping or forgetting himself.

William R. Alger, from Solitude of Nature and Man(1866)

梭羅生活的一個事實關鍵是盡在誇大自我內在的技巧。此一技巧主要有三大招數,第一,藉著無止縱容的自我意識,直接作自我的提升;第二,以貶抑他人,間接作自我的提升;第三,將微不足道的細瑣,幻想的誇大到自我的牽連。他不斷以他自誇的禁慾主義,感覺自己,反射自己,愛撫自己,讚美自己,無法逃避與忘記自己。

自我接近自戀的批評是梭羅個人主義至上,常受的批評。

Whatever question there may be of Thoreau's talent , there can be none, I think, of his genius.　He was imperfect, unfinished, inartistic; he was worse than provincial, he was parochial.

Henry James, from Hawthrone (1879)

梭羅也許有才華上的任何問題,但我相信,應沒有天分方面的。他的不完美、有始無終、非藝術,他比地域偏狹還糟,他是完全心態的狹隘。

　　梭羅一生寫作地點與題目的過於以康考特為中心，自易被批評
在地域與心理上的限制性。

> In one word, Thoreau was a skulker. He did not wish virtue to
> go out of him among his fellow-men, but slunk into a corner to
> hoard it for himself. We need have no respect for a state of
> artificial training. True health is to be able to do without it. A
> man who must separate himself from his neighbors' habits in
> order to be happy, is in much the same case with one who
> requires to take opium for the same purpose. What we want to
> see is one who can breast into the world, and still preserve his
> first and pure enjoyment of existence.
>
> *Robert Louis Stevenson, from Cornhill Magazine(June 1880)*

　　一言蔽之，梭羅是一膽小自私的逃避者，他沒有期望美德要
釋放於他同伴的念頭。不過就是避居一角，私藏於己而已。
我們實在沒有必要為一個矯情的訓練表示尊敬。真正的健全
可以不需如此，一樣達到。一個人必須孤離其鄰居習性而求
取快樂，這與吸鴉片獲得滿足沒有兩樣。我們所要理解的是
一個人能擁抱世界而仍能保有他最初與單純的喜悅生存。

　　梭羅甚至被質疑他沒有改善人心的念頭，則又近偽善的批
評了。

> Thoreau pitched his Walden in this sky; he claps his wings and
> gives forth a clear, saucy, cheery, triumphant note-if only to
> wake his neighbors up. And this book is certainly the most

delicious piece of brag in literature. Read the chapter "Bean-field". It is kind of celestial agriculture.

John Burroughs, from The Century(July 1882)

梭羅將湖濱的日子拋上了天空，他拍打雙翼，奏出清楚、多彩、歡喜與勝利的音符，目的只是要喚醒鄰居。這本書當然是文學中，最甜美自誇的一部。光莒田這章，那簡直是在天堂的農事。

梭羅是一文人，本富理想性格，理論難免不切實際與高調。

參考書目

Thoreau, Henry David, *Journal,* Ed. Robert Sattellmeyer, Elizabeth Hall. Witherell et al. 7 vols. To date. Princeton: Princeton University Press, 1981.

Thoreau, Henry David, "Walden", *American Literature*, 5th edition, Vol. I, Ed.Nina Bayum, New York: W.W. Norton & Company, 1995.

Thoreau, Henry David, "Slavery in Massachusetts", *American Literature*, 5th edition,Vol. I, Ed. Nina Bayum, New York: W.W. Norton & Company, 1995.

Thoreau, Henry David, "Walking", American Literature, 5th edition, Vol. I, Ed. Nina Bayum, New York: W.W. Norton & Company, 1995.

Thoreau, Henry David, "Civil Disobedience", American Literature, 5th edition, Vol. I, Ed. Nina Bayum, New York: W.W. Norton & Company, 1995.

Thoreau, Henry David, "A Plea for John Brown",The Higher Law: Thoreau on Civil Disobedience and Reform, edited Wendell Glick, N.J. Princeton University Press, 2004.

Thoreau, Henry David, "The Last Days of John Brown",The Higher Law: Thoreau on Civil Disobedience and Reform, edited Wendell Glick, N.J. : Princeton University Press, 2004.

Thoreau, Henry David, Faith in a Seed: "The Dispersion of Seeds" and Other Late Natural History Writngs. Ed. Bradely P. Dean ,Washington, D.C.: Island Press, 1993.

Thoreau, Henry David, *Wild Fruits: Thoreau's Rediscovery Last Manuscript.* Ed. Bradely P. Dean, New York: W.W. Norton, 2000.

Thoreau, Henry David, *The Maine Woods.* Ed. Joseph J. Moldenhauer, Princeton: Princeton University Press,1972.

Thoreau, Henry David, *The Maine Woods*. Ed. Joseph J. Moldenhauer, Princeton: Princeton University Press,1972.

Thoreau, Henry David, "The Service", 原文見於：http://sniggle.net/Experiment/index.php?entry= the service

Thoreau, Henry David, "Paradise To BE Regained", 原文見於：http://sniggle.net/Experiment/index.php?entry=paradise

Thoreau, Henry David, "Reform and The Reformers", 原文見於：http://sniggle.net/Experiment/index.php?entry=reformers

Emerson, Ralph Waldo, "Thoreau", *American Literature*, 5th edition, Vol. I, Ed. Nina Bayum, New York: W.W. Norton & Company, 1995.

August 28,1857, in Joseph J. Moldenhauer, "Thoreau to Blake: Four Letters Re-Edited," *Texas Studies in Literature and Language*, 1996.

Stanley E. Hyman, "Henry Thoreau in Our Time" in *Walden and Civil Disobedience: Authoritative Texts Background Reviews and Essays in Criticism*, Edited by Owen Thomas,W.W. Norton & Company: New York.

Sattelmeyer, Robert, "Thoreau and Emerson", *Henry David Thoreau*, Joel Myerson, Cambridge: Cambridge University Press, 1995.

Harmon ,Smith, *My friend, my friend : the story of Thoreau_relationship with Emerson*, Amherst: University of Massachusetts Press, 1999 .

Sattelmeyer, Robert, "Thoreau and Emerson", *Henry David Thoreau*, Joel Myerson, (Cambridge: Cambridge University Press, 1995.

Harding ,Walter, *The Days of Thoreau: A Biography*, New York: AlfreA. Knopf, 1965.

Metlzer, Milton, *Thoreau: People, Principles, and Politics*, New York: Hill and Wang, 1963.

Len Gougeon, "Thoreau and Reform", Joel Myerson, *Henry David Thoreau* ,UK: Cambridge University Press, 1995.

Canby, Henry Seidel, *Thoreau*, Boston: Houghton Mifflin,1939.

Schneider, Richard J., "Walden", in *Henry David Thoreau*, edited Joel Myerson,UK: Cambridge University Press,1999.

Morris, Wright, "To the Woods", in *Walden and Civil Disobedience: Authoritative Texts Background Reviews and Essays in Criticism*, Edited by Owen Thomas ,W.W. Norton & Company: New York.

Edward Nickens ,"Walden Warning", National Wildlife, October/November, 2007, pp.35-41. 。

E. Hyman, Stanley, "Henry Thoreau in Our Time", in *Walden and Civil Disobedience: Authoritative Texts Background Reviews and Essays in Criticism*, Edited by Owen Thomas, W.W. Norton & Company: New York.

Brinkley,Alan ,*American History*，Boston : McGraw-Hill,1999。

Thomad A. Bailey and David M. Kennedy, *The American Pageant*，Vol.1 Lexington, Massachusetts: D.C. Heath Company,1983 .

呂健忠，李奭學，《近代西洋文學──新古典主義迄現代》，臺北：書林，民九十五 。

周伯乃，《近代西洋文藝新潮》，臺北：文開，民七十一年。

梭羅生平年表

1817：於七月十二日，出生康考特，梭羅父約翰及母辛西亞（Cynthia），四位兄姊妹中，排行第三。

1818：舉家移居附近之 Chelmsford，父開雜貨店營生，惟獲利不豐。

1821：由於生活困頓，舉家再遷往波士頓，父改執教鞭維生。

1823：梭羅全家搬回康考特，父親開設鉛筆工場。梭羅進入康考特中央小學。母親以家庭民宿，貼補家計。

1827：梭羅完成之最早作品：《四季》。

1828：梭羅與其兄約翰就讀康考特學院，學習古典、歷史、地理、自然。

1829：梭羅首度參加康考特講壇（Concord Lyceum），已能如成年人與人論談。

1833：進入哈佛大學，梭羅是家中惟一就讀大學者。該年英國通過廢奴法案禁止帝國內奴隸存在。

1835：梭羅自哈佛大學休學一學期，在麻州的 Canton 任教，宿於一神教牧師 Orestes Brownson 家中，學習德文。

1837：自哈佛大學畢業，任教康考特中央學校，因不願執行體罰政策，辭職。開始往來加入愛默生家中的超越文學聚會，接受愛默生建議，開始他的 Journal 記錄。

1838：梭羅前往緬因州爭取教職。旋即與其兄約翰在康科德開辦一所私立學校迄 1841 年。梭羅首度在康考特講壇發表演說。

1839：與其兄共遊康科特與梅裏馬克河，為期兩週，梭羅稍後也為此一旅遊而記載出書。

1840：愛默生成立《日晷》雜誌，成為梭羅日後詩與散文發表之平臺。梭羅於該求婚於席沃爾（Ellen Sewall）被拒，這也是梭羅與婚姻距離最接近的時候。

1841～1843：投宿康科特愛默生家中，兩年中擔任園丁、雜工，廣泛閱卷於愛默生之私人藏書室。梭羅此時就有移居燧石湖（Flint's Pond）濱小屋的構想。

1842：其兄約翰突然死於破傷風。出版《馬薩諸塞州自然史》。

1843：移居紐約州的史坦頓島，任職愛默生子女家教。在紐約期間，梭羅開始與廢奴與改革人士多所接觸。出版《冬日的散步》。

1844：與愛德華・霍爾在康考特不慎引起森林火災。

1845：居住在華爾騰湖岸的小木屋裡，進行文學的精神生活實驗。

1846：第一次遊緬因州森林的卡塔丁山；七月，因拒絕付人頭稅，入獄一夜，乃憤而發作日後之《公民不服從論》。

1847：結束湖濱生活；在愛默生赴英講學時期，回到愛默生家。在康考特講壇，發表《我的歷史》。

1848：梭羅返回住家。首度在康考特講壇發表《個人與政府的權利與義務關係》，然不受人矚目。

1849：出版《康科特與梅里馬克河的一週》與發表《公民不服從論》；遊鱈魚角；其姊妹海倫死於結核病。

1850：遊鱈魚角與魁北克省；美國國會通過逃奴法案。

1854：經過五年，梭羅總算找到出版商，發行《湖濱散記》；發表《馬薩諸塞州的奴隸制度》。

1855：遊鱈魚角。

1857：結識廢奴激進份子約翰布朗，遊鱈魚角與緬因州森林 。

1858：遊新罕什布爾州的白山。

1859：父約翰過世；約翰布朗在維吉尼亞哈潑渡口舉兵失敗被絞，
　　　發表《為約翰布朗上校請願》。

1860：梭羅感染支氣管炎，併發肺結核，陷入重病。

1861：為復健，遊明尼蘇達州。返家後，整理早年的講稿與散文，
　　　似乎對死期已有預感。

1862：5 月 6 日逝於馬薩諸塞州康考特鎮。

國家圖書館出版品預行編目

梭羅的文學思想與改革意識 / 涂成吉著.-- 一
　版.-- 臺北市：秀威資訊科技, 2009.11
　　面；　公分.--(語言文學類；PG0293)
BOD 版
參考書目：面
ISBN 978-986-221-316-2(平裝)

1. 梭羅(Thoreau, Henry David, 1817-1862)
2. 學術思想 3. 文學 4.傳記

874.6　　　　　　　　　　　　98019088

 語言文學類　PG0293

梭羅的文學思想與改革意識

作　　者 / 涂成吉
發 行 人 / 宋政坤
執行編輯 / 林泰宏
圖文排版 / 蘇書蓉
封面設計 / 陳佩蓉
數位轉譯 / 徐真玉　沈裕閔
圖書銷售 / 林怡君
法律顧問 / 毛國樑　律師
出版印製 / 秀威資訊科技股份有限公司
　　　　　台北市內湖區瑞光路 583 巷 25 號 1 樓
　　　　　電話：02-2657-9211　　　傳真：02-2657-9106
　　　　　E-mail：service@showwe.com.tw
經 銷 商 / 紅螞蟻圖書有限公司
　　　　　台北市內湖區舊宗路二段 121 巷 28、32 號 4 樓
　　　　　電話：02-2795-3656　　　傳真：02-2795-4100
　　　　　http://www.e-redant.com

2009 年 11 月 BOD 一版
定價：250 元

讀 者 回 函 卡

感謝您購買本書，為提升服務品質，煩請填寫以下問卷，收到您的寶貴意見後，我們會仔細收藏記錄並回贈紀念品，謝謝！

1.您購買的書名：＿＿＿＿＿＿＿＿＿＿＿＿＿＿＿＿＿

2.您從何得知本書的消息？

　　□網路書店　□部落格　□資料庫搜尋　□書訊　□電子報　□書店

　　□平面媒體　□ 朋友推薦　□網站推薦　□其他＿＿＿＿＿＿

3.您對本書的評價：(請填代號　1.非常滿意 2.滿意 3.尚可 4.再改進)

　　封面設計＿＿　版面編排＿＿　內容＿＿　文/譯筆＿＿　價格＿＿

4.讀完書後您覺得：

　　□很有收獲　□有收獲　□收獲不多　□沒收獲

5.您會推薦本書給朋友嗎？

　　□會　□不會，為什麼？＿＿＿＿＿＿＿＿＿＿＿＿＿＿＿＿

6.其他寶貴的意見：＿＿＿＿＿＿＿＿＿＿＿＿＿＿＿＿＿＿

　　＿＿＿＿＿＿＿＿＿＿＿＿＿＿＿＿＿＿＿＿＿＿＿＿＿＿

　　＿＿＿＿＿＿＿＿＿＿＿＿＿＿＿＿＿＿＿＿＿＿＿＿＿＿

　　＿＿＿＿＿＿＿＿＿＿＿＿＿＿＿＿＿＿＿＿＿＿＿＿＿＿

讀者基本資料

姓名：＿＿＿＿＿＿＿＿＿＿　年齡：＿＿＿　性別：□女 □男

聯絡電話：＿＿＿＿＿＿＿　E-mail：＿＿＿＿＿＿＿＿＿

地址：＿＿＿＿＿＿＿＿＿＿＿＿＿＿＿＿＿＿＿＿＿＿

學歷：□高中(含)以下　　□高中　□專科學校　　□大學

　　　□研究所(含)以上 □其他＿＿＿＿＿＿＿

職業：□製造業 □金融業 □資訊業 □軍警 □傳播業 □自由業

　　　□服務業 □公務員 □教職　□學生 □其他＿＿＿＿＿

To：114

台北市內湖區瑞光路 583 巷 25 號 1 樓

秀威資訊科技股份有限公司　　　收

寄件人姓名：

寄件人地址：□□□

(請沿線對摺寄回,謝謝!)

秀威與 BOD

BOD（Books On Demand）是數位出版的大趨勢，秀威資訊率先運用 POD 數位印刷設備來生產書籍，並提供作者全程數位出版服務，致使書籍產銷零庫存，知識傳承不絕版，目前已開闢以下書系：

一、BOD 學術著作—專業論述的閱讀延伸
二、BOD 個人著作—分享生命的心路歷程
三、BOD 旅遊著作—個人深度旅遊文學創作
四、BOD 大陸學者—大陸專業學者學術出版
五、POD 獨家經銷—數位產製的代發行書籍

BOD 秀威網路書店：www.showwe.com.tw
政府出版品網路書店：www.govbooks.com.tw

永不絕版的故事・自己寫・永不休止的音符・自己唱